Els PITJORS ANYS de la MEVA VIDA

SALVEU EN RAFE!

James Patterson

I CHRIS TEBBETS

IL·LUSTRAT PER LAURA PARK

Estrella Polar

Estrella Polar
Sèrie *Els pitjors anys de la meva vida*

Títol original: *Middle School: Save Rafe!*

Primera edició: setembre del 2015

La primera edició en anglès va ser publicada als EUA al juny del 2014.
Aquesta edició es publica per acord amb Little, Brown and Company, segell d'Hachette
Book Group, Inc., Nova York, EUA.

www.estrellapolar.cat
info@estrellapolar.cat

Fotocomposició: Víctor Igual, S.L.
Impressió: Egedsa
Dipòsit legal: B. 16.572-2015
ISBN: 978-84-9057-730-1

A l'Angela Galyean, en Paul Lasher i els estudiants
de la Hinesburg Community School
C.T.

A la Lilliana Rose Park i en Baby Behan-Johnson.
Tinc moltes ganes de coneixe-us a tots dos!
L.P.

NOOOOOOOOOOO

CAPÍTOL 1

S'ACOSTA LA FI!

Alguna cosa em diu que aquesta història no tindrà un final feliç.

Estic penjat al caire d'un penya-segat aguantant-me amb les ungles, que tinc mig trencades. L'únic que hi ha entre jo i el terra són vuit-cents metres d'abisme, i no sé quanta estona més podré aguantar. Tan bon punt em deixi anar, cosa que crec que no trigaré a fer, serà com si agafés l'ascensor més ràpid del món fins a baix de tot.

Però sense l'ascensor.

Adéu, món cruel! Digues a la meva mare que l'estimo. I també que tinc una mandonguilla rosegada sota el llit. Coneixent-la, segur que se'n vol ocupar de seguida.

Ha arribat l'hora! Aquí s'acaba tot!

Ei... però un moment. Falta la part aquella en què veig tota la meva vida com en flaixos. I si vols que t'ho digui, mirant enrere, tinc la impressió que fa temps que estic caient.

Caient com el Niàgara.

Caient com les fulles a la tar... Bé, ja m'entens, oi?

I tocaré fons.

Dóna-hi una ullada ràpida. No tinc gaire temps.

Tot va començar el dia que vaig néixer...

I les coses no van millorar gaire a partir de llavors. La mare em va explicar que tenia l'«esperit aventurer» fins i tot abans d'aprendre a caminar. Com per exemple, la primera vegada que va passar això.

I van començar les patacades, que ni tan sols veia venir. Potser ho hauria d'haver intuït... però normalment era als núvols.

A veure, suposo que a la vida tothom té alts i baixos, però jo a penes he tingut alts i, en canvi, sí molts baixos... i baixos... i baixos...

Vaja, no m'hauria importat tenir algun *alt* més de tant en tant. Tot i que de vegades la cosa no depenia només de mi.

I entre nosaltres, he de dir que no tots aquests daltabaixos van ser culpa meva.

Per exemple, aquest va ser culpa de la Jeanne Salletta. (Tècnicament.)

De manera que suposo que té sentit que acabi així: penjant a vuit-cents metres de terra i esperant que la gravetat em converteixi en carn picada d'una vegada per totes.

Tot i que m'encantaria tenir una mica més de temps per demostrar que no sóc un pringat total.

Però això no passarà.

Ja només em queda una ungla i no hi ha ningú que em pugui salvar en la tira de quilòmetres. Estic més sol que...

—EI, RAFE!

Un moment. Aquesta veu m'és familiar. Però tot i això, no m'ho puc creure. Miro amunt i és allà: l'última persona del món que esperava trobar-me.

—Georgia? Però d'on surts? —salto. Com s'ho ha fet la meva germana petita per plantar-se aquí tan de pressa? Això no té ni cap ni peus.

—No et preocupis! —em diu—. Tu dóna'm la mà i punt!

—No puc! —crido—. Si deixo anar aquesta branca, cauré!

—Bé, en aquest cas —em diu...

CAPÍTOL 2

NOMÉS UN MALSON

Ostres, que fort! Ha anat de ben poc. O jo ho he viscut així.

M'incorporo al llit i veig la Georgia allà dreta.

—He tingut un malson increïble —li dic—. Estava penjant d'un precipici, a punt de caure. Fins i tot he vist passar la meva vida en flaixos com a les pel·lis.

—Ah, sí? I en el teu resum sortien tots els embolics brutals on t'has ficat? Et van fer fora del campament Wannamorra. Pràcticament també et van expulsar de l'Escola d'Arts la Catedral. I no em facis parlar de Hills Village.

—Sí, sí... Gràcies per recordar-m'ho —li dic.

—Val més que et tornin a acceptar a l'Escola d'Arts Airbrook —em diu la Georgia—. Si no, potser sí que t'hauries de començar a buscar un penya-segat, perquè la mare et matarà. No tens gaires opcions més, Rafe.

La meva germana no és només un gra al cul de campionat. És megaintel·ligent. La veritat és que mai m'ho hauria plantejat d'aquesta manera, però té tota la raó. El meu malson em quadra perfectament.

—Ah, i una altra cosa —em diu. I llavors s'agafa una mena de pelleringa que li penja de la barbeta, l'estira cap amunt i ES PELA TOTA LA CARA. VULL DIR QUE NOMÉS LI QUEDA LA CALAVERA!!!

CAPÍTOL 3

MOLT BÉ, ARA SÍ QUE ESTIC DESPERT

—Ostres —va dir la Georgia, palplantada al costat del meu llit—. Et costa llevar-te o què?

O què. Encara em quedaven unes setmanetes de vacances i volia gaudir-les al màxim. I amb això em refereixo a tenir la Georgia al més lluny possible. Ella acabava de tornar del campament Wannamorra i ja em sobrava, si vols que t'ho digui.

Però, per desgràcia, aquell matí les coses canviarien a molt pitjor.

—Tinc males notícies per a tu —em va dir la Georgia. Però no li vaig donar l'oportunitat d'anar més enllà. Em vaig aixecar del llit i la vaig empènyer cap al passadís, per on havia vingut.

—Torna quan estigui despert —vaig dir-li.

—Però si ja estàs despert! —va insistir ella intentant tornar a entrar a l'habitació.

—Sí, gràcies a tu —vaig remugar. I llavors... PATAPAM! Li vaig tancar la porta als nassos abans no em toqués encara més la pera.

Però creus que això la va aturar? T'hi vols jugar alguna cosa? (Alerta d'*espòiler*: no ho va fer.)

—La teva escola està tancada! —va cridar des del passadís—. L'Escola d'Arts Airbrook tanca... per sempre!

Veus? Entens el que vull dir de la Georgia? Només a ella se li podia acudir pensar que allò era una mala notícia. Per a mi era tot el contrari... NO HI HAVIA CLASSE! I no era cap malson. Era real com la vida mateixa.

Tot d'una, vaig fer mitja volta i vaig tornar a obrir la porta.

—De debò? —vaig dir-li.

—De debò —va replicar—. I la mare vol que en parleu ara mateix.

—D'acord, però primer... MIRA CAP ALLÀ!

—On? —em va dir just abans que li passés pel costat, corregués passadís avall, em fiqués al lavabo i m'hi tanqués.

—RAFE!

La Georgia no suporta que entri al bany abans que ella.

—Obre! —va cridar clavant cops a la porta escandalosament—. Encara no t'he dit el pitjor. Em sents?

—NO! —vaig contestar.

—Doncs si no em sents, com és que em contestes? —em va preguntar la superlògica, supersetciències i superrepel·lent de la meva germana.

—Estic enfeinat! Fot el camp! —li vaig engegar. Però va resultar que tancar-me al bany no va ser tan bona idea, al capdavall. Ara estava atrapat. I no hi ha porta que bloquegi la veu de la meva germaneta quan posa la directa.

—Escolta'm, Rafe! —va cridar—. L'Escola d'Arts Airbrook ha tancat per sempre! I no et queda cap opció... tret de tornar a Hills Village.

Va ser com un cop de martell al cap, a càmera lenta.

—Què? —vaig dir—. Espera... un moment... Què?

Tenia força clar que havia sentit el que havia dit la Georgia, però me n'havia d'assegurar al cent per cent. Si el que deia era cert, potser hauria preferit caure d'aquell penya-segat de debò.

—Ja m'has sentit! —va cridar des de l'altra banda de la porta—. TORNARÀS A L'INSTITUT DE SECUNDÀRIA HILLS VILLAGE!!!

NOOOOOOO
XUUUF!

CAPÍTOL 4

LES *TOP TEN*: EL MILLOR DEL PITJOR

Potser creus que n'estava fent un gra massa. O que m'estava tornant boig. Però això només em diu que no has llegit el meu primer llibre. Perquè, vaja, si ho haguessis fet, sabries que els pitjors anys de la meva vida van començar precisament allà, al maleït Institut de Secundària Hills Village.

I potser recordaries la quantitat exagerada de normes que hi havia. I també el meu pla per trencar-les absolutament totes. I que al cap de poc temps, em van... expulsar, com si diguéssim.

Tenia un milió de raons per no voler tornar en aquell lloc, però no et penso avorrir amb detalls.

Bé, te'n deixaré anar només les deu primeres. Així que entoma...

Les meves PRIMERES DEU raons per no (repeteixo, NO) voler tornar a L'INSTITUT DE SECUNDÀRIA HILLS VILLAGE

NOTA: Tot són il·lustracions noves! No hi ha res robat dels llibres anteriors

(Robar??? Jo??? Mai...)

Núm. 10: NO TOTS ELS INSTITUTS ESTAN TALLATS PEL MATEIX PATRÓ. Si havia d'anar a l'institut, almenys l'Airbrook em podia ajudar a convertir-me en un artista de debò. L'ISHV només m'havia ajudat a convertir-me en un autèntic delinqüent (i a donar el disgust del segle a la mare).

Núm. 9: L'IDA STRICKER, LA SOTSDIRECTORA. La senyora Stricker és la que s'encarrega de la disciplina, el patiment i la tortura a l'Institut de Secundària Hills Village. I diguéssim que... és molt bona en la seva feina.

Núm. 8: LA JEANNE SALLETTA. D'acord, no em mal interpretis. En aquell moment jo estava molt enamorat de la Jeanne. Però si mai has estat enamorat i per casualitat ets tan negat com jo, ja saps que l'únic que pot ser pitjor que no veure mai la persona en qüestió és veure-la constantment. És a dir, que tenia totes les oportunitats del món de demostrar-li que era més pallús que fet d'encàrrec.

Núm. 7: MATES... CIÈNCIES... LLENGUA... SOCIALS. Cal que l'expliqui, aquesta? Res no és precisament el meu fort.

Núm. 6: NORMES, NORMES, NORMES, NORMES! A l'Institut de Secundària Hills Village hi ha més normes que en cap altre lloc que hagi trepitjat mai. (I crec que la senyora Stricker hi té a veure alguna cosa.) Quan vaig ser-hi, en vaig trencar un parell (bé, potser uns quaranta-tres parells...) i em van acabar expulsant.

Núm. 5, 4, 3, 2 i 1: EN MILLER L'ASSASSÍ. Diguem-ho així: la darrera vegada que vam topar, va córrer la sang. I si has seguit la història fins aquí, segurament ja et deus imaginar que no era la seva.

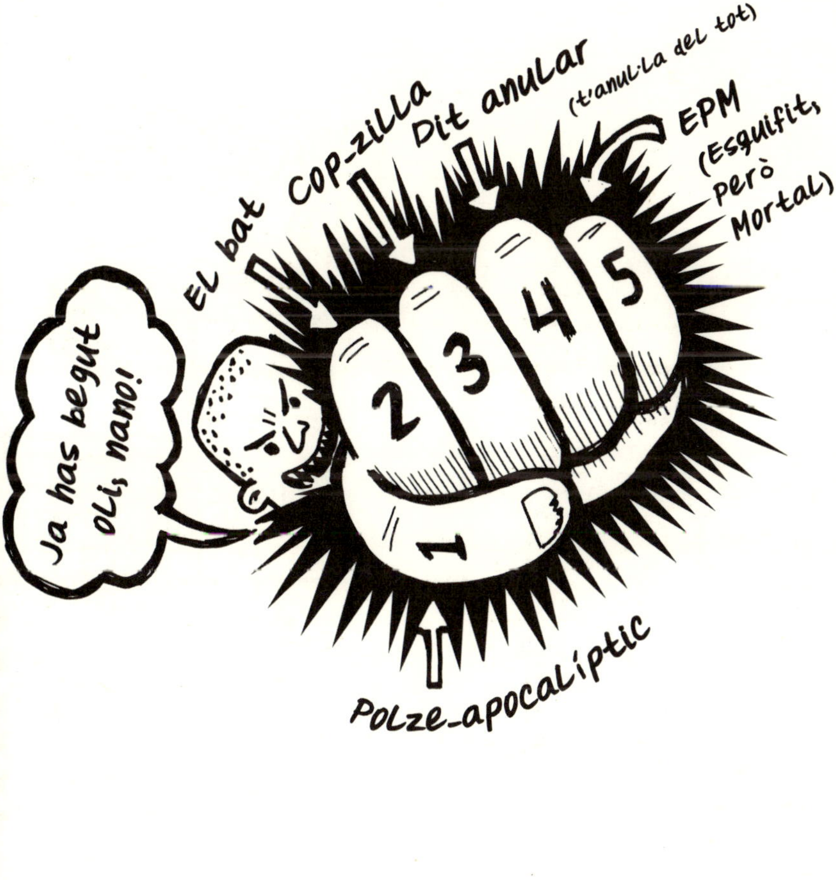

CAPÍTOL 5

COMPTE AMB EL BÉICON

A casa, la cosa va així: el dia que hi ha creps per esmorzar, vol dir que aquell matí la mare no treballa i té més temps per cuinar.

I quan hi ha béicon, vol dir que aquella setmana ha aconseguit unes bones propines, perquè la veritat és que no ens podem permetre coses d'aquest estil cada dia.

Però quan hi ha creps amb nabius i béicon, ja pots tremolar. Perquè tot sovint vol dir que per postres hi haurà males notícies.

Quan vaig entrar a la cuina, la mare estava tombant les creps. I la iaia Dotty i la Georgia ja eren a taula posant-se les botes.

—Bon dia, Rafe! —em va dir la iaia—. Estàs preparat per a un dia horrorós?

La Dotty és una iaia fantàstica, però t'hi has d'acostumar una mica. La dona deixa anar el primer que li passa pel cap i es queda tan ampla.

—Té, rei —em va dir la mare plantant-me un plat al davant—. Acabades de fer.

—Gràcies, mare —vaig dir-li—. La Georgia ja m'ha informat de les males notícies d'Airbrook. I també d'allò que hauré de tornar a Hills Village.

—Sí, bé, per això he fet les creps —va explicar la mare—. És com una mena de consol. Em sap greu, Rafe... Sé que tenies moltes ganes d'anar a Airbrook.

La Georgia va intervenir mentre li passava una mica més de béicon a la iaia.

—Llavors els nabius per a què són? —va preguntar—. Quina altra mala notícia hi ha?

De manera que suposo que ella també sospitava de què anava la cosa.

—Bé... —va dir la mare—. Volia esperar que acabéssim d'esmorzar, però, en fi... en Rafe i jo tenim una reunió a l'institut aquest matí.

—Ah, sí? —vaig saltar.

—He rebut un correu electrònic del despatx del director dient-me que hem de parlar d'unes quantes coses —em va informar la mare.

Potser et penses que allò em va treure la gana. Ni de conya. A veure, que estem parlant de creps amb nabius! A més, vaig pensar que valia la pena primer prendre'm un esmorzar genial i després tornar al meu dia absolutament espantós. Perquè sempre que un adult diu que ha de «parlar» d'alguna cosa amb algun xaval, ja et pots imaginar que no pot ser res de bo.

De moment, no em vaig queixar ni vaig protestar gaire a la mare. A què trauria cap? La veritat és que encara no li havia passat l'emprenyada per allò de l'expulsió del campament Wannamorra. El dia que m'hi va venir a buscar amb la iaia, crec que va estar a punt de deixar-me a la botiga de segona mà per canviar-me per un fill nou.

Però en lloc d'això, em va castigar amb el seu silenci una estona, llavors va cridar i després, encara pitjor, va plorar i tot. I si em coneixes, ja saps que no hi ha res que odiï més que veure plorar la mare.

El tema és que si no m'agradava com anaven les coses en aquells moments, era culpa meva. Fins i tot em sentia fatal per la mare, perquè havia de tractar amb mi constantment. I jo ja l'entenc, ja... Perquè... a veure... si jo tingués un fill com jo...

Bé, això seria força al·lucinant, de fet. Però vaja, que em sentia malament per ella. Perquè es mereixia molt

més. De manera que, just llavors, vaig decidir que faria el que calgués per fer que aquesta segona part anés bé.

Institut de Secundària Hills Village, que vinc! T'agradi o NO.

CAPÍTOL 6

MIRA QUI HI HA AQUÍ

Entrar en un institut a l'agost és com entrar en un vaixell fantasma. Tens la sensació que no hi hauries de ser i no tens clar qui, o amb què, pots topar.

Va ser molt estrany entrar a l'ISHV. Ningú em va haver de recordar on era el despatx del director, tampoc. Pràcticament podia veure les meves antigues petjades fent un caminet fins a la porta d'en Dwight.

Quan la mare i jo vam arribar a administració, no hi havia ningú, però la porta del despatx del director era oberta. Em vaig imaginar en Dwight assegut a la seva taula, frisant per esbroncar-me... pel que fos que havia fet que m'esbronquessin.

Però va resultar que anava ben equivocat, perquè el senyor Dwight no era pas al seu despatx.

Al seu lloc, hi havia l'Ida P. Stricker.

—Hola... Rafe —em va saludar.

—Que s'ha canviat de despatx amb el senyor Dwight? —vaig preguntar-li esperant amb ànsia un «sí».

—No —va contestar-me—. El senyor Dwight ja no és amb nosaltres.

—Vaja... S'ha mort? —va saltar la mare—. És horrible.

—No. De fet, va guanyar el pot d'un rasca-rasca d'aquells —ens va explicar la senyora Stricker—. I em sembla que ara mateix és a les Bahames.

—Ah —va fer la mare—. Doncs me n'alegro per ell.

—Ja m'ho imagino —va replicar la dona, amb cara de pomes agres.

La veritat és que mai de la vida m'hauria imaginat que tindria enveja del senyor Dwight. Però ara n'hi tenia, i força.

—I com està vostè, senyora Stricker? —li va preguntar la mare amablement.

—Ara sóc la directora Stricker —va etzibar la dona—. I voldria anar per feina.

Llavors va agafar el telèfon i va prémer un botó.

—Charlotte? Pots venir, sisplau? I porta'm l'expedient d'en Rafe Khatchadorian.

Vaig notar que fins i tot la mare començava a estar un pèl mosca.

—De què va tot això, exactament? —va preguntar.

—Deixaré que la nostra nova sotsdirectora n'hi expliqui els detalls —va dir la senyora Stricker—. Però perquè quedi la cosa clara, no som aquí per parlar de quan torna en Rafe, sinó de si torna o no.

—PERDONI? —va replicar la mare.

Em vaig sentir com si algú m'acabés d'obrir el crani i m'hi hagués tirat un petard.

La senyora Stricker es va escarxofar a la cadira. Potser, fins i tot, va esbossar un mig somriure, però amb aquesta dona fa de mal dir. Diguéssim que li caic tan bé com ella a mi.

—Però l'haurien d'acceptar —va dir-li la mare—. Això és un institut públic.

—Sí —va replicar ella—, un institut públic del qual en Rafe va ser expulsat no fa gaire. L'expulsió encara és vàlida a menys que en Rafe demostri que és capaç d'acatar normes.

—No m'ho puc creure —va dir la mare—. Ell no pot anar enlloc més! Hi ha d'haver alguna cosa que puguem fer.

—No ho dubti.

I just llavors, una dona que no havia vist en ma vida es va plantar al despatx. El seu somriure era tan enorme i amigable com el de la senyora Stricker. Exactament així:

—Vostès deuen ser en Rafe i la senyora Khatchadorian —ens va dir.

—Sí —va replicar la mare empipant-se per moments—. I vostè és?

Quan la dona es va inclinar per encaixar la mà de la mare, em va semblar que li petaven els artells.

—La sotsdirectora, la Charlotte P. Stonecase —va dir.

CAPÍTOL 7

SEGUEIX EL PROGRAMA

Tan bon punt vaig sentir aquell nom, Stonecase, vaig saber de qui es tractava. Vaja, la dona era un mite: l'autèntica dona de pedra.

—Vostè fa classes a Airbrook, oi? —vaig dir-li.

—T'equivoques —em va contestar—. Feia classes a Airbrook.

—Ah, és clar —vaig replicar. L'Escola d'Arts Airbrook estava tancada i barrada... per sempre. Que burro... De fet, era allà per això, jo.

Jo mai m'havia topat amb la senyora Stonecase, però a Airbrook li deien el Terror de la Cambra 666. La dona tenia fama d'assassina... i una calavera humana en un pot a la taula del despatx. Presumptament.

—La senyora Stricker ens ha dit que vostè té alguna idea de com podem tornar a matricular en Rafe, oi? —va dir-li la mare.

—El que tinc és una oportunitat per a en Rafe —va dir—. La resta ja dependrà d'ell.

I va passar a la mare una mena de fullet.

—El Programa? —va dir la mare donant un cop d'ull a la coberta—. Què és això?

—Un programa intensiu altament efectiu per a estudiants amb problemes de conducta. —I la dona em va mirar com si fos una merda que dugués enganxada a la sabata.

En altres paraules, allò era ben bé per a pringats com jo. Només vaig poder clissar un trosset del fullet, però em va semblar que a la portada sortia gent practicant activitats a l'aire lliure, com ara senderisme i ràfting.

—És un campament? —vaig preguntar.

La senyora Stricker i la senyora Stonecase van riure, cosa que no em va semblar precisament un bon senyal.

—Llavors m'estan dient que si en Rafe participa a El Programa, el readmetran a principi de curs? —els va preguntar la mare mirant de mantenir la calma.

—No ben bé... —li va dir la senyora Stonecase—. Estem dient que si en Rafe participa a El Programa...

—...i el completa... —va continuar la senyora Stricker.

—...ens plantejarem readmetre'l —va rematar la senyora Stonecase.

De debò que aquest parell m'estaven començant a fer molta por.

Però tant li feia. Ja sabia que havia de passar per allò sí o sí. Però no per mi. Sinó per la mare. Ella es mereixia el millor. I com que jo no l'hi podia donar exactament, li donaria el millor de mi.

Costés el que costés.

—Ho faré —vaig dir—. I no la vessaré. Ho prometo.

—Molt bé, Rafe —em va dir la mare com si estigués enfadada, trista i cofoia alhora—. Ara m'agradaria parlar-ne una estoneta més amb la senyora Stonecase i la senyora Stricker. Per què no t'esperes fora? —I em va passar el fullet.

I llavors vaig veure de debò el que acabava de signar. Els nois del pamflet no feien senderisme, feien marxa pel fang. I tampoc no és que fessin ràfting, precisament. Em feia l'efecte que tot just miraven de no ofegar-se. També hi havia alguna cosa escrita a baix de tot, que no havia vist abans. Deia en negreta: «La setmana més dura de la teva vida està a punt de començar».

En fi, pel que feia a mi, allò ho deia tot.

No em podia imaginar què em reservaven a El Programa. Estava acostumat a pringar sempre, això sí. Però potser necessitaria un miracle o dos per aguantar-ho.

Havia arribat l'hora d'una mica de teràpia artística.

EL PALLÚS
i en LEO a
EL PRINGAT
TORNA A CAGAR-LA
Què fas?
Treballar en el meu nou còmic. Es diu «El pringat torna a cagar-la».
Ah, hi puc sortir?
Oi tant, Leo. Au, va, fica-t'hi.
XOF!

EL PRINGAT TORNA A PRINGAR
I ara què passa?
PAF!
Benvingut al meu món.
Mmm... Nabiu.
Au, va, sortim d'aquí.
On anem?
On ens doni la gana.

CLINC
ZUUUM
Aquesta és la meva germana, la **Florida**.
PRINGAT! Ni tan sols ets capaç d'entrar en un institut públic?! Però si està tirat!!!
Torna-ho a provar.
CLINC
FIU!

GRAAAA!
No, la veritat és que no.
Estàs segur que saps el que fas?

I bé?
Aquí no hi ha ningú.
Fantàstic! Som-hi!
PAF!
Et passa gaire sovint, això?
No vull parlar-ne.

CAPÍTOL 8

LA GERMANDAT

—Què estàs fent? —em va dir algú.

Vaig tancar el quadern de dibuix d'una revolada i vaig mirar enlaire.

—Senyora D.! —vaig exclamar. Em pensava que estava sol. Mentre era a fora al passadís esperant que la mare acabés de parlar amb la senyora Stricker i la senyora Stonecase, havia estat dibuixant per treure'm del cap el malson al qual estava a punt d'enfrontar-me amb allò d'El Programa.

La senyora Donatello era la meva profe favorita quan estudiava aquí a l'ISHV. Bé, no és que hi hagués gaire competència en aquest tema, la veritat.

Doncs ara era allà al passadís amb un munt de llibres i pòsters.

—He vingut a preparar la meva aula —em va dir—. I Rafe, em sap molt greu això d'Airbrook, però veig que continues amb els teus dibuixos, si més no. És fantàstic.

—Gràcies —vaig replicar. Era evident que la dona es moria de ganes de veure el que estava dibuixant, però vaig mantenir el quadern ben tancat. Encara no estava preparat perquè ningú veiés el meu còmic del Pringat, especialment els trossos en què apareixia en Leo el Silenciós.

En Leo era un germà meu que va morir fa molt temps, quan pràcticament érem nadons. I pel que fa a mi, és una persona real. Vull dir que ningú el pot veure ni sentir, però tot i això, tenim les nostres converses.

Si ja coneixes la meva història, et deus haver estat preguntant què se n'ha fet. Doncs encara hi parlo, però ara més aviat només ho faig als dibuixos. Em sembla que és un lloc molt adient per a ell, saps què vull dir?

Un dia o altre, potser començo a penjar aquests còmics a Internet. I llavors en Leo deixarà de ser un secret. De fet, fins i tot, potser es fa famós.

Però, mentrestant, preferiria guardar-m'ho per a mi.

—Llavors això vol dir que tornaràs a l'ISHV? —em va preguntar la senyora Donatello.

—Mmm... potser sí —vaig respondre-li—. Ara mateix la mare és al despatx parlant-ne amb la senyora Stricker i la senyora Stonecase.

—Ah, la Germandat —va dir la Donatello picant-me l'ullet.

—Com? —vaig fer.

—L'Ida i la Charlotte són germanes —em va informar.

—Apa! —vaig saltar.

—Oh, i tant! —em va dir—. T'has fixat que totes dues tenen una inicial al nom? És Petaluma.

I gairebé a l'instant vaig començar a lligar caps.

La Germandat no creia que jo pogués aguantar aquest programa salvatge, oi? No només pretenien mantenir-me l'expulsió, sinó que pensaven posar-me veritables problemes per tornar-hi a entrar.

Vaja, llevat que jo m'estigués tornant absolutament paranoic i estigués vivint en el meu món de fantasia al Planeta Rafe.

Vaig donar voltes al que deia en aquell fullet: «La setmana més dura de la teva vida està a punt de començar».

Però d'altra banda pensava: «Doncs molt bé, endavant». Que comenci el joc, germanes!

—Hola? —em va dir la senyora D. agitant la mà davant dels meus ulls—. La Terra cridant a en Rafe, ets aquí? —I quan vaig alçar la vista, em mirava com estranyada.

—Sap què? —li vaig dir—. Oblidi's del que li he dit abans. Per descomptat que tornaré a l'ISHV aquesta tardor.

Perquè ara tenia dos motius de pes per fer-ho.

En primer lloc i per sobre de tot, volia fer feliç la mare.

Però ara també, si havia de tornar a l'ISHV, que era el cas, m'asseguraria que les germanes Petaluma ho sentissin tant com jo.

La veritat és que tot plegat era bastant estrany. De sobte, estava lluitant per TORNAR A ENTRAR a l'Institut de Secundària Hills Village. La vida és com una mena de Dragon Khan de vegades, no?

Potser aquest joc no tindria gaires guanyadors, però si era hàbil, almenys no seria l'únic perdedor.

CAPÍTOL 9

ANEM AL CINE!

Quan vam arribar a casa, la mare ens va sorprendre a la Georgia i a mi donant-nos vint dòlars per anar al cine, que fins i tot arribaven per comprar-nos alguna cosa per menjar. L'única contrapartida, òbviament, era que hi havia d'anar amb la Georgia. En fi, suposo que la mare necessitava estar una estona sola.

—Ei, també són els meus vint dòlars! —va protestar la Georgia quan no li vaig deixar triar la pel·li (tu diràs si m'havia de tirar un parell d'hores empassant-me la bajanada que la nena volgués veure!), ni el que compràvem per menjar (les regalèssies i les crispetes amb extra de mantega).

Llavors, quan vam entrar a la sala, vaig veure la darrera persona que volia trobar-me al cine amb la meva germana: la Jeanne Salletta. La vaig reconèixer pel clatell. I també pel riure, que sona com la llum del sol. Si sonés d'alguna manera, vaja.

De seguida vaig esbrinar per què reia: estava asseguda al costat d'un paio amb qui compartia una ració enorme de crispetes i un refresc.

—Ei, és la Jeanne! —va observar la Georgia, però la vaig empènyer cap a l'última fila abans que em pogués avergonyir amb els seus crits.

—Xxt! Que et sentirà. Qui és el xaval que està amb ella? —vaig preguntar intentant amagar-me darrere les regalèssies.

—Ja el coneixes —em va dir la Georgia—. És en Jared McCall.

—Aquell és en Jared McCall?

La darrera vegada que l'havia vist, era més baixet que jo. I resulta que ara era el típic paio que no vols tenir assegut al davant en el cine.

—La Jeanne té tanta sort... —va dir la Georgia amb un sospir—. És superguapo. I juga a *lacrosse*. I canta amb una banda de nois de l'insti: Jared i els Jaguars.

—I ja està? —vaig remugar—. No n'hi ha per tant.

—Ja, i tu no n'estàs gelós ni res...

—Va, calla —vaig dir—. Agafa més crispetes.

—Ei, si vols agradar-li, a la Jeanne, hauràs de parlar-hi alguna vegada. Això ho tens clar, oi? —em va dir la Georgia.

—Estàs de broma?

—És clar que no —em va dir—. El que hauries de fer és...

—No, vull dir si estàs de broma si et penses que deixaré que m'aconsellis pel que fa a les noies. —Li vaig passar la bossa de crispetes perquè callés, però la cosa no va funcionar. Al cap de poquíssim, es va aixecar i me la va tornar a passar.

—Té, aguanta això —em va dir.

—On vas? —li vaig preguntar.

—A demanar a la Jeanne un glop del refresc.

—No! —vaig exclamar.

—Ho he de fer. Aquestes crispetes m'estan fent venir molta set —em va dir—. I d'altra banda, ets molt graciós quan estàs preocupat per coses de noies.

Total, que abans que la pogués frenar, ja la tenia passadís avall. I en no res, parlant amb la Jeanne i el maleït i perfecte Comesdigui. I llavors, per acabar-ho d'adobar, tots tres es van tombar i van mirar directament cap a mi.

—Hola, Rafe —em va dir la Jeanne.

—Ei —vaig dir-li sentint-me un imbècil rematat. No perquè hagués fet cap bajanada, sinó més aviat perquè segurament en faria alguna d'un moment a l'altre.

—Que vols venir a seure amb nosaltres? —em va oferir.

No, això no és el que vaig deixar anar.

—Estic bé —vaig dir—. Mmm... crec que necessito ulleres o alguna cosa. Ho veig millor des d'aquí darrere.

I allò va ser la supermegabajanada del segle!

Fins i tot la Georgia em mirava com si estigués pirat.

—Tu mateix! —em va dir, i es va escarxofar al seient del costat de la Jeanne.

I llavors va ser quan em vaig adonar que potser la Georgia no m'estava tan sols torturant. Potser també m'estava intentant ajudar. Però jo acabava d'engegar en orris aquella oportunitat, oi? Fantàstic, Khatchadorian!

I començava a pensar que sobreviure a El Programa potser no estaria tan bé. Però, vaja, si m'enfonsava o alguna cosa, si més no no hauria de suportar *El Show de la Jeanne i en Jared*. Era un consol.

Normalment no em caso a la primera cita, però aquesta vegada em sembla que ho faré.
Jeanne, m'acabes de fer el tio més feliç del món. Escriuré una cançó sobre això!
Uff, em sembla que em ve vomitera.

CAPÍTOL 10

FANTÀSTIC

Total, que allò del cine va ser un autèntic desastre.

Resulta que, bàsicament, tan bon punt decideixes que t'agrada algú, se't fa gairebé impossible actuar com un ésser humà normal i fer que les paraules et surtin de la boca quan el tens a prop. Crec que no és just, però suposo que hi ha moltes coses a la meva vida que no són precisament gaire justes, que diguem.

I, d'altra banda, la Georgia no anava desencaminada del tot. Si volia impressionar la Jeanne d'alguna manera, m'havia d'armar de valor i parlar-hi de tant en tant.

Així que el vespre abans de marxar, vaig agafar el telèfon per trucar-li i acomiadar-me'n. Ei, si em podia enfrontar a una setmana al cul del món amb una colla d'estranys, me'n podia sortir amb una maleïda trucada, no?

(Bé... això és el que em pensava.)

No vaig començar malament del tot. En fi, almenys no vaig penjar en sentir la veu de la Jeanne a l'altra banda.

—Digui'm? —va dir—. Residència dels Salletta. Sóc la Jeanne.

—Hola, sóc en Rafe —vaig replicar.

Fins aquí, tot bé.

—Hola, Rafe, què hi ha?

—Bé —vaig dir—, mmm... l'altre dia al cine no vaig tenir l'ocasió de comentar-t'ho, però aquesta tardor torno a l'ISHV.

—Sí, ja ho sé —em va informar.

—Ah, sí?

—Sí, m'ho va dir la Georgia.

—De debò? —vaig saltar.

I llavors em vaig començar a menjar l'olla pensant què més li devia haver dit.

Mentrestant, el cervell m'anava a cent per hora i la boca se m'havia paralitzat. No tenia ni idea de què dir a continuació... fins que vaig recordar per què li havia trucat (QUE BURRO!!!).

—En fi —vaig dir—, me'n vaig uns dies fora abans que comenci el curs. Res, no gran cosa... Només una setmana a les Muntanyes Rocalloses. Una mica de senderisme, escalada, ràfting extrem en aigües braves... i tot aquest rotllo.

—Ah, sí?

—Sí —vaig dir-li.

I llavors es va fer un silenci... molt... molt llarg. No ho sé... M'havia pensat que això donaria més que per a un simple «ah, sí?». Però la veritat és que la noia no va semblar gaire impressionada. Amb la meva mala sort, segur que en Jared McSupermúsculs acabava d'arribar d'una travessa de mil cinc-cents quilòmetres pel riu Amazones per donar menjar fresc als animals famolencs i de fer un concert per Amèrica del Sud.

Segurament hauria d'haver esperat a tornar i preocupar-me d'impressionar-la més endavant, però noooo... havia d'agafar el maleït telèfon i...

—Hola? —va dir la Jeanne—. Rafe? Encara ets aquí?

—Bé... mmm... sí... molt bé... en fi... —vaig balbucejar.

I ara què dimonis se suposava que havia de fer? M'havia quedat sense material. No em veia capaç d'improvisar sense fer més el ridícul. La veritat és que no sabia si havia de deixar anar alguna cosa més, si ja havíem enllestit o què carai.

Total que, per descomptat, vaig fer la cosa més lamentable que podia fer. No vaig dir res de res. Em vaig limitar a penjar.

Sí, és molt fort. Vaig penjar... i punt. A la noia que m'agrada.

De debò, quan es tracta de ser un negat amb les noies, jo m'emporto la palma. I amb diferència.

Si mai en trec l'entrellat, ja t'ho faré saber. De fet, faré una festa i t'hi convidaré. Mentrestant, segurament comences a entendre per què he titulat el meu còmic *El pringat torna a pringar*. Perquè sempre pringo, vaja.

Bé, vull dir que sempre pringa. Una vegada... i una altra... i una altra.

I una altra...

EL PRINGAT
i en LEO a:
PROBLEMA de NOIES
La Winnie i el Pringat
W + L
Per a qui són?
Per a la meva nova nòvia, la Winnie.

Tu tens nòvia?
És clar.
Bé... més o menys, vull dir...
...encara no li he dit res, de fet.

Bé, doncs aquesta és la teva. Tot just ve cap aquí.
QUÈ?!
GARGOT
GARGOT
GARGOT
Ei, hola!

Mmm... hola, Winnie.
Com va?
Mmm...
BRR
Vull dir... mmm...
BRRR
Ufff...
BRRRRR

PLAF!
És com si no hi poguessis fer res, oi?
Potser la propera vegada li podries comprar uns bombons?

CAPÍTOL 11

CAP A L'ESCORXADOR

A les quatre del matí (que és massa d'hora, t'ho miris com t'ho miris, per a la gent normal), ens vam posar en marxa. La mare va carregar el cotxe amb mi, les meves coses, la Georgia i la iaia, i vam enfilar cap a les Muntanyes Rocalloses, a Colorado, EUA.

M'acompanyava tota la família perquè el germà de la iaia, en Paulie, viu als afores de Denver, de manera que la mare, la Georgia i la iaia Dotty passarien la setmana a casa seva. La Georgia no estava gaire emocionada amb la idea, però això seu serien unes vacances de luxe en comparació amb el que m'esperava a mi. Li vaig dir que no volia sentir-la queixar-se al cotxe i, per increïble que sembli, no ho va fer.

De fet, era impossible sentir res a banda d'aquella cantarella. Resulta que a la iaia Dotty l'entusiasma cantar al cotxe. És com una ràdio humana on només

Iupi, ia, ia, iupi, iupi, iaaa! Iupi, ia, ia, iupi, iupi, iaaa! Iupi, ia, ia, iupi, iupi, ia, ia iupi, iupi, ia, ia, iupi, iupi, iaaa! Si tu vas en bicicleta, whatsikei. Ring! Ring! Si tu vas en bicicleta, whatsikei. Ring! Ring! Si tu vas en bicicleta, whatsikei. Si tu vas en bicicleta, si tu vas en bicicleta, si tu vas en bicicleta, whatsikei. Ring! Ring! Si tu menges pa amb tomàquet, whatsikei. Nyam! Nyam!
Estic a punt de vomitar...
Aventura (i mort segura) tot recte.

SEATTLE
UNA PATATA
L'aniversari de l'estat d'Oregon és el dia de Sant Valentí.
OR
¡UNA ALTRA!
Hi va néixer l'Evel Knievel, l'acròbata de les motos.
La llet és la beguda oficial de l'estat.
Sabies que el TRICERATOPS és el dinosaure de l'estat de WYOMING?
Quilòmetres i quilòmetres de sequoies.
LAS VEGAS!
Els pretzel els salen submergint-los a Salt Lake City.
La beguda oficial de Nebraska: el suc de fruita en pols.
EL PROGRAMA COMENÇA AQUÍ!
Van invent unes begudes des bonissi (I el mal de
Es il·legal escopir vore
HOLLYWOOD
Algun dia hi faran una pel·li de la meva vida.
El Gran Canyó
On els àliens pelen els plàtans amb la MENT.
Acabo de fregar, o sigui que no embruteu Texas.
Neda amb mi!
La llar del singular osset de goma salvatge
GRRRRR

TAXI!
OH, GELAT!
En Bob
[D]lan va
[n]éixer
aquí.
Aquí
tenen la
maduixa
més gran
del món.
El primer
partit
profes-
sionnal de
beisbol
El 7% dels
astronautes
són
d'OHIO.
EN ROCKY CONTRA LA CREMA DE FORMATGE
NOVA ANGLATERRA
Aquí hi ha
la
muntanya
russa més
ALTA i
més
RÀPIDA
del món!
Els cara a cara entre cavallers són l'esport de l'estat.
75% de bosc!
Hi van néixer els primers expedicionaris cap a l'oest
Pizza de base gruixuda + roda de fira
L'Arc Gateway? A mi em recorda més aviat la meitat del logo del McDonalds.
La cova més fonda del món
Millor que el bròquil, suposo.
El minigolf es va inventar aquí.
Terra de moniatos.
Oooh! El Shag! Aquest el conec!
L'instrument oficial de l'estat: el violí.
ELVIS VA NÉIXER AQUÍ.
bla bla bla bla bl bla bla
El ball oficial de l'estat: EL SHAG
Disney World
Vigileu els cocodrils!

sonen les cançons més ràncies i lamentables del món. Segurament en coneixes algunes com ara *Oh, Susanna!*, *Un ianqui baixa a la ciutat* o *Una ampolla a dalt de la paret*.

Bé, mentre la resta cantava a plens pulmons, em vaig passar l'estona dibuixant al quadern, mirant per la finestra i rellegint el fullet d'El Programa. En fi, volia saber realment quina mena de tortura m'hi esperava.

El fullet deia que serien set dies i sis nits d'AVENTURA a les muntanyes.

Quan finalment vam creuar la frontera de l'estat de Colorado, em devia haver llegit la cosa com unes cent seixanta vegades i m'estava començant a posar histèric.

També tenia el *Iupi ia* entaforat al cap com un tatuatge al cervell. Fins i tot en vaig fer la meva pròpia versió, que es deia *Benvingut a El Programa*. Au, pots cantar-la, si et ve de gust. (No et preocupis, segur que no ho faràs pitjor que jo.)

Se suposava que em REPTARIA a mi mateix i DESCOBRIRIA què volia dir ser RESPONSABLE de les meves accions, mitjançant un programa EXTREM d'OBSTACLES FÍSICS I MENTALS.

El fullet també insistia en la cosa de DEIXAR ENRERE TOTS ELS CONFORTS DE LA LLAR. En fi, estava pràcticament segur que allò implicaria cagar en-

BENVINGUT AL PROGRAMA
(LA CANÇÓ DEL FULLET)
Quan arribis estaràs
superpenjat! Mort de gana
i gairebé deshidratat!
Això serà una tortura,
un patir i una amargura,
i el telèfon segur que et
confiscaran!
Civilització 1.500 km
TORNEM-HI!
En dos dies ja desitjaràs
pirar! La beguda i el menjar
fan vomitar!
La vida serà molt dura,
això no és cap aventura,
QUAN DINYAR-LA
ÉS EL MÉS SUAU QUE
ET POT PASSAR!
AQUÍ JAU EN RAFE
RK

mig del bosc sense paper de vàter. I, per descomptat, volia dir que no podíem tenir ordinadors, ni mòbils, ni videojocs... Vaja, res de res. Posava PROHIBITS ELS APARELLS ELECTRÒNICS nou vegades i de nou maneres diferents.

Tot plegat em feia venir ganes de VOMITAR només de pensar-hi.

CAPÍTOL 12

SENSE SORTIDA

Finalment, després de trenta-una hores, dos mil quilòmetres, una nit en un motel supersinistre, vuit paradetes per descansar, dues neveres portàtils plenes d'entrepans i un pastís de poma de súper... vam arribar al «punt de trobada» d'El Programa.

I no, no era tan guapo com sonava. Era un pàrquing llardós enmig del no-res més enorme que hagis vist mai. Hi havia un vàter portàtil, un autobús escolar groc amb gent a dins i un paio amb un barret de cowboy i roba militar a fora.

La mare va aparcar i va abaixar la seva finestreta.

—Som en el lloc correcte per a El Programa de les Muntanyes Rocalloses?

—Sí, senyora —va dir l'home—. Sóc el sergent Fish. I aquest del seient del darrere deu ser en Rafe, oi?

—Com ho sap? —va preguntar-li la mare.

—Perquè són els últims. I van tard. Estem a punt d'enfilar.

La mare es va mirar el rellotge.

—Però se suposa que no surten fins a...

—Les onze clavades, senyora, sí, senyora. I ara són les deu cinquanta-vuit.

—Però...

—Primera lliçó d'El Programa: s'ha d'anar amb temps per arribar puntual —va dir el sergent Fish.

—Ah —va fer la mare—. És clar. —I llavors em va picar l'ullet pel retrovisor. Ella també s'havia estat llegint el fullet d'El Programa i sabia quin pa hi donarien.

—Rafe, t'entaforo l'equipament a l'autocar mentre t'acomiades —em va dir el sergent—. Però has d'anar per feina, entesos?

—Suposo que sí —vaig replicar.

Començava a veure de quin pal anava tot allò. Si fan servir terminologia com ara *equipament* i *a les onze clavades*, segur que no ets allà per fer classes de surf o un taller de gelats casolans. Vaja, havia tingut un munt de temps per adonar-me d'on m'havia ficat.

Però me n'havia faltat per empescar-me COM FUGIR-NE!!!

Com sempre, tenia un munt d'idees, però cap que em pogués portar res de bo. Tothom se'm va quedar mirant esperant que fes alguna cosa i l'únic que podia fer en aquell moment era sortir del cotxe, entregar les meves coses i començar a pensar en com sobreviure els següents set dies i sis nits.

I ara havia arribat l'hora dels adéus.

???
NO! UNA ALTRA VEGADA NO!
Val més que portis calés en efectiu, xaval, perquè en aquest aerobús no fiem.
Tinc un passi de bus.
Jo no sóc ell...
Oi tant que és ella!
Vull dir, és ell! Au, passa-t'ho bé!

CAPÍTOL 13

UFF... ODIO ELS COMIATS!

—En fi, ha arribat l'hora, maco —em va dir la iaia, i llavors em va fer una de les seves famoses abraçades que et fan cruixir els ossos—. Et veurem d'aquí a una setmaneta. Si és que aguantes tants... Cosa ben poc probable. He vist aquell fullet, també. Però en fi, bona sort!

—Mmm... gràcies —vaig replicar no gaire convençut.

—Sí, bona sort —em va dir la Georgia—. Em sembla que la necessitaràs. El sergent aquest fa pinta de voler cruspir-se't per esmorzar...

—Au, va, vine cap aquí —em va dir la mare. I llavors em va passar el braç per l'espatlla i em va fer avançar una mica per l'aparcament per allunyar-me dels altres.

—TENEN UN MINUT! —ens va cridar el sergent Fish.

—Sí, senyor, sergent Fish, senyor —va dir la mare

fluixet perquè només ho sentís jo—. Val més que no ens hi adormim, entesos? —Em sembla que estava mirant de fer broma per tranquil·litzar-me, però crec que hauria tingut més èxit fent-li un massatge a una paret de totxanes.

—Mare —vaig dir-li—, no sé si me'n sortiré...

La mare va deixar de caminar i em va mirar als ulls.

—Escolta'm, rei —em va dir—, l'únic que et demano és que donis el millor de tu. I et diré una altra cosa, crec que cap de nosaltres ho ha vist encara. Tens tant potencial, Rafe... Només cal que te n'adonis.

La veritat és que la xerradeta motivadora de la mare no m'estava motivant gaire. Més aviat m'estava descollocant.

—Llavors... tot això que té a veure amb les caminades, el ràfting o que t'escridassin enmig del bosc? —vaig preguntar-li.

La mare va somriure i se'm va apropar per fer-me una enorme i càlida abraçada. I aleshores em va xiuxiuejar a l'orella:

—Això és el que has vingut a esbrinar aquí.

I suposo que se'ns havia acabat el minut perquè el sergent Fish va començar a cridar novament des de l'altra punta de l'aparcament.

—HORA DE TOCAR EL DOS, KHATCHADORIAN! AU, EN MARXA! MOU EL CUL, VINGA!

—Bé, això va per tu —em va dir la mare. I llavors em

va acompanyar fins a l'autocar.— T'estimo, Rafe. Passi el que passi... —va afegir.

—Jo també t'estimo —vaig replicar. Volia dir-li més coses, però la gola se'm va tancar més que el magatzem del Pare Noel el 26 de desembre. I no volia posar-me a plorar ni de conya.

La mare tampoc ho va fer, tot i que em pensava que potser ho faria. Però em sembla que mirava de demostrar-me que podia ser forta si jo ho era. I aquesta és una raó més per la qual, bàsicament, és la millor mare del món.

I també una raó més per la qual havia de callar, posar-me les piles i pujar a aquell maleït autocar. En fi, després de les paraules de la mare, si depenia de mi, no la pensava decebre mai més.

Ens el cruspirem per dinar dimarts.
No m'ho puc arreglar el dimarts. Estàs lliure per picotejar-ne el cadàver dimecres?
Socors
MAMI!!
EL PROGRAMA
E P
Vols dir unes últimes paraules?

CAPÍTOL 14

LA SERGENT AL COMANDAMENT

Quan vaig entrar a l'autocar, vaig veure una dona asseguda al seient del conductor amb el mateix uniforme que el sergent Fish.

—Benvingut a bord, Rafe. Sóc la sergent Pittman —em va dir, i llavors va assenyalar els xavals que hi havia darrere—. I aquests són la Carmen, l'Arnie, en Burp, la Thea, en Diego, en D.J. i la Verònica. Entesos?

La veritat és que no vaig captar cap dels noms. Només vaig pensar que tothom feia la pinta de preferir estar domesticant serps de cascavell amb els ulls embenats enmig d'un incendi, que asseguts en aquell autocar.

Sí que em vaig fixar, però, que alguns del programa eren... noies. I no sé per què, però no m'ho esperava.

—Prohibit parlar fins que arribem al campament

base —va dir la sergent Pittman—. Seu, Rafe. Sisena fila a l'esquerra.

—Puc... —vaig començar a dir, però en Fish era allà per parar-me els peus.

—QUÈ ACABA DE DIR LA SERGENT PITTMAN PEL QUE FA A PARLAR?! —em va preguntar.

Semblava una pregunta amb trampa, per la qual cosa no vaig piular i em vaig limitar a enfilar cap al meu seient.

—MOLT BÉ, ESCARABATS, ESCOLTEU-ME! —ens va dir—. Serem al campament base d'aquí a un parell d'hores. Acomodeu-vos, mirada endavant, i muts i a la gàbia. Alguna pregunta?

Es van aixecar un parell de mans.

—Quina llàstima! No podeu piular fins que arribem! —va dir.

Al fullet del programa, parlava molt de quantes coses hi aprendria. I tot i que mai he sigut cap crac, ja havia après que odiava el sergent Fish més que els espàrrecs, els talls que et fas amb els fulls de paper i les mates, alhora.

I tot plegat just començava.

Només havien passat deu minuts. Em quedaven set dies.

CAPÍTOL 15

REMESA DE MARGINATS

Durant una estona, no va passar res, però al cap d'una mitja hora, vaig començar a sentir un sorollet com d'una roda que es desinfla.

—Pst!... Pst!

I va ser donar un cop d'ull al meu voltant i veure la noia de l'altra banda del passadís mirant-me fixament. Era guapeta, tot i que feia com una mica de por. Mai havia vist ningú tan jove amb un tatuatge de veritat, però ella duia una serp increïble al braç. I també se la veia força musculada. Aquella serp tenia pinta de poder enroscar-se'm al coll i arrencar-me el cap. No podia deixar de preguntar-me quina edat devia tenir quan se'l va fer. M'hi jugo alguna cosa que les seves primeres paraules devien ser per dir a l'autor del tatuatge de quin color havien de ser els ulls de la bèstia.

—Sóc la Carmen —va xiuxiuejar—. Tu com et dius?

—Rafe —li vaig dir també fluixet.

—Què has fet? —em va preguntar.

—Com?

Em va mirar com si s'acabés d'adonar que era un imbècil rematat.

—Que per què ets aquí? —em va dir.

—Ah —vaig fer—, em van expulsar.

—I ja està? Això no és res. Una vegada... —va començar a dir.

Però llavors vaig sentir el rugit d'un lleó al davant de l'autocar.

—QUI PARLA???

En un tres i no res, en Fish enfilava el passadís. Però almenys no em mirava a mi.

—CARMEN, ERES TU LA QUE XERROTEJAVES PER AQUÍ DARRERE? —va dir.

—Nxt, nxt —va fer petar la llengua, com passant de tot—. Però he sentit algú.

—Sí, m'hi jugo alguna cosa —va dir-li en Fish als nassos. I llavors ens va repassar a la resta.— Vejam, escarabats, el primer que piuli tindrà deu punts negatius demà al matí! Queda clar? I no em poseu a prova.

Ningú no va contestar. Suposo que tots plegats estàvem aprenent les regles del joc a marxes forçades. I tots érem en el mateix vaixell.

Bé, o en el mateix maleït autocar.

Però allò em va fer pensar.

Aquest no era un programa al qual t'apuntaves perquè volies. Tots els que anàvem a l'autocar havíem fet alguna cosa perquè ens facturessin aquí per a una setmana de patiment. I potser alguna cosa espantosa.

Què m'anava a dir la Carmen?

Així que, al meu lloc, què pensaries? «Què dimonis deuen haver fet tots aquests altres?», oi? I «on és l'hospital més proper?». Segur.

A alguns se'ls veia com tristos i espantats, però d'altres feien cara que el seu hobby fos arrencar la pell de la gent (hola, Carmen!).

Ja sé que mai has de jutjar un llibre per la coberta i tot això, però en aquell moment, la coberta era l'únic que tenia a l'abast.

I això em va fer pensar en una altra cosa: què veien els altres quan em miraven a mi?

Quina pinta feia la meva coberta?

D'acord, no sóc precisament el tipus que et fa canviar de vorera en un carreró fosc. Però parlant clar, allà tothom era una mena d'indesitjable, buscabregues, brètol o alguna cosa d'aquestes.

No sé en quina categoria entrava jo. Potser en totes, però la veritat és que no em feia gens de gràcia pensar-hi.

EL PRIMER A DINYAR-LA
LA HISTÒRIA D'EN RAFE KHATCHADORIAN
ZIZPLAU, NO EM FEU MAL!
La història d'en Rafe Khatchadorian
Ennuvolat i sense possibilitat de sobreviure
LA HISTÒRIA D'EN RAFE KHATCHADORIAN
BENVINGUT A LA CIUTAT SALVATGE
La història d'en Rafe Khatchadorian
NI SE T'ACUDEIXI
LA HISTÒRIA D'EN RAFE KHATCHADORIAN, EL TRENCA-OSSOS

I potser tant li feia. Almenys a dins de l'autocar. Perquè en aquell moment, tots érem uns maleïts escarabats.

CAPÍTOL 16

BLUES DEL CAMPAMENT BASE

—D'acord, escarabats, escolteu-me! —ens va dir en Fish—. Benvinguts al campament base de la Muntanya Rocallosa. Aquí és on comença el nostre viatge i si teniu el que cal per aguantar tota la setmana, aquí s'acabarà. En fi, ara agafeu el vostre equipament i seguiu-me.

—I què passa si no tenim el que cal? —va preguntar algú, fent que la Carmen deixés anar una rialla.

—Seguiu-me de totes maneres —ens va dir el sergent.

El campament base no era gran cosa. Hi havia un parell d'edificis antics, però no semblava que hi visqués ningú. També hi vaig veure altres grups, la majoria, d'adolescents; i gairebé tothom semblava tan content de ser-hi com jo.

La Pittman i en Fish ens van fer anar cap a la part

del darrere de l'autocar i ens van entregar unes motxilles tronades perquè hi fiquéssim les coses.

—Us suggereixo que agafeu tan sols el que necessiteu —ens va aconsellar la sergent Pittman—. Portareu aquestes motxilles tota la setmana. La resta us estarà esperant aquí.

Cada motxilla venia amb un sac de dormir (el meu pudia com un mitjó gegant llardós), un casc d'escalada (amb uns quants cabells adherits i el que semblaven trossos de cervell, t'ho prometo) i estris que faríem servir per acampar.

Vaig entaforar a la motxilla ronyosa la majoria de coses que duia, bàsicament perquè no eren gaires. Algunes peces de roba, calçat de recanvi, la llanterna, el raspall de dents, el quadern amb tres bolis i una bossa hermètica gran. I a banda de la prohibició pel que fa als aparells electrònics, tampoc ens permetien dur menjar. De fet, no en vaig veure per enlloc. Cosa que em va estranyar.

I alhora em va espantar una mica.

Després d'allò, ens van fer anar cap a l'edifici principal per donar-nos el que anomenaven «orientació». Tan bon punt érem allà en filera, un senyor gran amb pantalons militars i samarreta va sortir a fora. La sergent Pittman ens va dir que li diguéssim el nom amb veu alta i clara, amb la qual cosa tindria una altra oportunitat de conèixer alguns d'aquells amb qui estaria retingut.

—Excel·lent! És un plaer coneixe-us, nois —ens va dir el paio. I llavors ens va dedicar un somriure d'orella a orella, com si fes un anunci de pasta dentífrica, però això no em va fer sentir millor. És que, vejam, què és la primera i última cosa que veus d'un tauró? Una boca plena de dents que se t'està a punt de cruspir, no?

—Bona tarda, nois i noies. Sóc el capità Crowder i us vull donar la benvinguda a El Programa —ens va dir—. Us espera una bona aventura. I potser fins i tot us ho acabareu passant mig bé, aquesta setmana.

Es va sentir alguna rialleta nerviosa fins que en Fish ens va dir «MUTS I A LA GÀBIA!».

Mentrestant, el capità Crowder caminava amunt i avall com si inspeccionés les tropes, cosa que suposo que estava fent.

—Un dels objectius del trekking a la natura és deixar els boscos, muntanyes, rius i rierols una mica millor de com els trobem —ens va dir en Crowder—. Doncs això és exactament el que els vostres pares i tutors ens han demanat que fem amb vosaltres. El proper dissabte, tots sereu millors que avui. Potser, fins i tot, molt millors.

—Pff... No fotis... Això què és? El campament Salvem la natura? —em va xiuxiuejar la Carmen—. Sisplau, que em treguin d'aquí.

—I mentrestant deixeu que us doni un consell —ens va dir el capità—: us hauríeu de plantejar El Programa com un esport d'equip. Creieu-me si us dic que us necessitareu els uns als altres per superar això.

—No ho crec —va sentenciar la Carmen.

Jo encara no sabia què pensar.

—I igual que en qualsevol esport d'equip —va continuar en Crowder—, hi ha unes normes que s'han de respectar. Trenqueu-les i patireu. Seguiu-les i us garanteixo que ho aconseguireu.

Era fàcil veure per què la senyora Stricker havia triat aquest lloc com a càstig per a mi. Hi havia més normes que a l'ISHV. Potser li podia presentar el paio aquest, en Crowder. Es podrien casar i viure feliçment amargats per sempre més en una terra molt i molt... LLUNYANA...

—Bé —va dir en Crowder—, i ara que entenem com funciona aquest lloc, teniu cap pregunta?

Ens vam mirar entre nosaltres. No estava segur si allò era un altre parany o si ara se'ns permetia parlar.

Finalment, aquell xaval tan musculós, l'Arnie, va piular.

—Què passa amb el menjar? —va dir—. Perquè estic mort de gana i no en veig per enlloc.

El capità Crowder va riure com si es tractés d'un bon acudit.

—Excel·lent pregunta —va dir—. I de fet, quina transició tan estupenda cap al vostre proper obstacle. Sergent Pittman? Sergent Fish? A partir d'aquí, poden continuar vostès.

—Molt bé, gent, en marxa —va dir la Pittman—. Cau un sol que espetega i tenim molta feina a fer.

—Gaudiu! —ens va dir en Crowder mentre enfilàvem cap a allò que ens esperava a continuació—. Ah i, nois, que ho passeu genial!

Semblava un paio força decent. Així com tot feliç, ell, i engrescador, no com els sergents. Llavors... per què no me'n refiava ni un pèl?

Bé, tant és. Ja érem de camí cap al nostre proper obstacle i de la manera que en Fish i la Pittman ens feien desfilar, no tindria gaire temps per pensar en en Crowder... ni en les seves perfectíssimes dents de tauró.

CAPÍTOL 17

LA TORRE

—Què estem fent ara? —vaig preguntar a la Pittman mentre desfilàvem per boscos amb uns herbots tan alts que ens arribaven als ulls. I com que amb prou feines veia cap a on anàvem, em vaig mantenir a prop dels més alts.

—Ja ho veuràs —em va respondre la dona—. Em sembla que t'agradarà.

I com que aquí tot anava a l'inrevés, no sabia si ho deia de debò. L'únic que tenia clar de la Pittman és que era més agradable que en Fish, però això no era per tirar coets, la veritat.

Al cap d'un minut, vam sortir a una clariana força extensa.

—Senyores i senyors, benvinguts al primer dels nou obstacles de la setmana —ens va dir la Pittman—, conegut com la Torre.

Que fort!
Que recargolat!
Què?
Guai!
U... a... u!
Tinc gana.
No et pixis a sobre... No et pixis a sobre...
Ni de conya!

Durant cosa d'uns trenta segons, em vaig com emocionar. Potser el capità Crowder tenia raó. Potser m'ho passaria mig bé mentre fos allà.

Però llavors la Pittman va començar a explicar què havíem de fer.

—Mireu tots la plataforma de dalt de tot —ens va dir.

Vaig mirar cap amunt, però amb prou feines veia res.

—Allà hi ha una caixa tancada —ens va dir—, i a dins, el vostre sopar d'aquest vespre.

—D'acooooord —va deixar anar en Burp com augurant algun gir esperançador.

La Verònica també va piular, però calia una oïda ultrasònica per captar qualsevol cosa que digués.

—Teniu vuit minuts per plantar-vos allà dalt tots vuit, arreplegar la teca i dur-la aquí —va dir la Pittman—. Hauríeu de tenir temps de sobres, si treballeu en equip.

—I si no —va afegir-hi el sergent Fish—, bé, sempre hi ha l'esmorzar de demà.

—Sí, home! —va etzibar l'Arnie—. Parla seriosament? Perquè jo m'estic morint de gana!

—Hi ha una manera d'esbrinar-ho —va replicar en Fish. És a dir que sí que ho deia seriosament, cosa que era tan greu com tenir ortigues dins els calçotets.

En altres paraules: o ho aconseguíem o no sopàvem.

—Traieu-vos les motxilles, planteu-vos els cascs i prepareu-vos —ens va ordenar la Pittman—. Comenceu en deu... nou... vuit...

Vaig donar un cop d'ull al meu voltant mentre em posava el casc i mirava d'ajustar-me les corretges. Tots feien la pinta d'estar com jo en aquells moments: descollocats, nerviosos, però bàsicament... morts de gana.

—...set... sis... cinc... quatre...

No havia format part de gaires equips fins llavors, però no s'assemblaven a aquest. I no ho dic precisament en el sentit positiu. Ja em començava a preguntar si no acabaríem menjant mitjons per sopar. Esperava que no fos el cas.

—...tres... dos... un... ENDAVANT! —va cridar la Pittman, i vam arrencar a córrer com si ens hi anés la vida.

I tenint en compte els nostres estómacs, ja era una mica això.

CAPÍTOL 18

CAOS A QUINZE METRES D'ALÇADA

No fanfarronejo, però sóc bastant ràpid corrent, cosa que té força a veure amb el fet que al llarg dels anys m'hagin empaitat un munt d'abusananos. En fi, tots vuit vam arrencar a córrer cap a aquella torre com si fos de xocolata, i jo vaig ser el primer d'arribar-hi.

Això volia dir que vaig ser també el primer a començar a grimpar-hi per una de les escaletes de corda que hi penjaven.

I de la mateixa manera, vaig ser el primer a estampar-se contra el terra perquè l'escala en qüestió no parava quieta. Allò era més difícil del que semblava. De fet, al cap d'un segon van començar a ploure escarabats.

—Ei, gent, heu de treballar en equip! —ens va cridar la sergent Pittman—. No us podeu limitar a anar cadascun pel seu compte!

Tenia l'estómac més buit que el cervell d'en Miller l'Assassí, i el meu sopar era en una caixa uns quinze metres més amunt. Havíem de continuar endavant, perquè de cap manera pensava passar la nit sense endrapar res.

L'Arnic va ser el primer que es va adonar que una persona havia d'aguantar l'escala mentre una altra pujava.

—Tu, la de la serp! —li va dir a la Carmen—. Au, puja!

—Eh, a mi no em dius el que he de fer! —li va etzibar la Carmen.

—Ja hi vaig jo —va dir la Thea, i la va empènyer en passar.

—I tu no m'empenyis! —va protestar la Carmen.

—Voleu barallar-vos o bé menjar aquest vespre? —va preguntar la sergent Pittman.

Va fer falta una estoneta, però amb l'Arnie aguantant l'escala, tothom va aconseguir arribar a la primera plataforma. Llavors ell es va limitar a grimpar amb aquells músculs tan increïbles. Però encara havíem de pujar un parell de nivells més, i després baixar-los tots tres.

—US QUEDEN QUATRE MINUTS! —va cridar en Fish.

El següent nivell estava fet de pneumàtics; com si fos una paret enorme de dònuts (tant de bo!). Jo no tenia ni idea de com ho havíem de fer, de manera que em vaig limitar a saltar per tirar amunt.

Per la qual cosa en Diego em va estampar la vamba al cap a les primeres de canvi.

—Eh, vigila! —vaig dir-li.

—No, vigila TU! —va replicar.

—Va, TIRA! —va cridar en Burp just abans que li estampés jo la vamba al cap. (Suposo que els cascs eren per a això.)

Quan vaig haver pujat per aquells pneumàtics, en Diego em va allargar la mà.

—Agafa't! —em va dir, i em va estirar fins a la següent plataforma. Llavors em vaig tombar i vaig estirar la Verònica, que em sembla que em va dir gràcies, però amb prou feines la vaig sentir.

—Això mateix! —va dir la Pittman—. Ara esteu funcionant com un equip!

—TRES MINUTS! —va cridar en Fish—. VA, VA, VINGA, VINGA, VINGAAAAA!

La part següent era la més complicada. Hi havia un parell de cordes gruixudes d'aquelles d'escalada que pujaven entre una mena de teranyina de xarxes i cordes, i finalment una mena d'espai lliure que havíem de superar per arribar a la plataforma de dalt de tot. I la veritat és que potser m'hauria semblat al·lucinant, si no ens hi hagués anat tanta cosa.

Però ens n'hi anava, o sigui que poca broma.

La Carmen i l'Arnie van ser els primers a plantar-se a la plataforma de dalt mentre la resta fèiem mans i mànigues per arribar-hi.

—La caixa és aquí! —va cridar la Carmen—. Somhi!

—Eh, no baixa ningú fins que TOTHOM hagi arribat a dalt! —va bramar la Pittman—. No heu enllestit encara!

En D.J. i jo érem els únics que quedàvem en aquelles cordes i el paio em portava força avantatge, és a dir que jo anava l'últim destacat, cosa que no era per tirar coets. Però se'm va acudir mirar avall...

...i avall...

...i avall...

...fins a terra.

I aleshores va ser quan tot se'n va anar a fer punyetes.

No sé què va passar exactament... Va ser com si m'haguessin xuclat l'aire dels pulmons amb una aspiradora. La cara em bullia i l'únic que podia sentir era com un murmuri similar al de l'interior de la closca d'un cargol de mar. Era el malson que tenia constantment, una altra vegada.

—AFANYA'T! —em va cridar en D.J.

—JA M'AFANYO! —vaig replicar, tot i que no era així. Ja no.

El meu terrible malson era l'únic que tenia al cap. Les cames i els braços se m'havien convertit en espaguetis rebullits i l'únic que podia pensar era: «No caiguis... No caiguis... No caiguis...».

Quan finalment vaig aconseguir arribar a la maleïda plataforma, em sentia com si hagués acabat de córrer una marató. Marxa enrere. I a peu coix. I encara no havíem acabat...

—UN MINUT! —va cridar en Fish.

—No ho aconseguirem mai! —va dir l'Arnie.

—I és clar que sí! Va, som-hi! —va dir la Thea, i quan tothom va començar a baixar, pràcticament van llançar aquella caixa amb menjar a la plataforma del mig.

En aquells moments, m'importava un rave menjar o no. L'única cosa que desitjava era un bonic i sòlid tros de terra sota els peus. I suposo que allò és el que em va fer tirar endavant. Però ho veia tot molt borrós.

De fet, a penes vaig sentir el sergent Fish bramant els darrers segons del compte enrere. La gent cridava, uns quants cossos volaven i jo suava per baixar per aquells pneumàtics mirant amb ànsia el terra ferm, quan va cridar:

—TRES... DOS... UN... S'HA ACABAT EL JOC, ESCARABATS! QUE TINGUEU MÉS SORT A LA PROPERA!

Cosa que vaig trobar encertada, perquè em semblava impossible tenir-ne menys.

Especialment jo. Perquè allò va ser culpa meva. I tothom ho sabia.

CAPÍTOL 19

UNA XAPA PER CAGAR-LA

—Vaja, això ha sigut lamentable —ens va dir el sergent Fish—. La meva besàvia ho hauria fet molt millor que vosaltres i fa vint anys que és morta.

Jo amb prou feines el sentia. Era a terra tot llarg i em notava els pulmons com dues síndries esclafades. Tot d'una, vaig començar a intuir grunyits dels altres i només pensava: «PERÒ QUÈ DIMONIS HA PASSAT?».

En principi, no m'espantaven les alçades. Bé, almenys abans no. Però tan bon punt havia mirat cap a baix, el cervell se m'havia convertit en gelatina.

Ara en Fish bramava que l'havíem cagat i tothom, bàsicament, m'estava fulminant amb la mirada. Ells no havien tingut cap problema a baixar tan bon punt havien aconseguit la caixa. Si m'haguessin de posar algun sobrenom, de ben segur seria cagacalces.

Sona com el superheroi més penós del món mundial, oi?

Doncs sí, aquest sóc jo.

—Bé, les bones notícies són que us hi heu esforçat —ens va dir la sergent Pittman—. I per això, us heu guanyat les primeres xapes. Ben fet!

A la mà duia el que feia la pinta d'una colla de cordons de sabata.

—Què és allò? —va preguntar en Burp.

—Alguna cosa per menjar, espero —va respondre l'Arnie.

—Una cosa millor, fins i tot —ens va dir el sergent Fish—. Aquí podríeu sobreviure tota la setmana sense menjar. Però sense aquestes? —Ell i la Pittman van començar a repartir-les.— Ni de conya.

La Pittman em va passar una cinta d'aquelles. Era només una tira de pell amb una argolla de metall pintada. La meva era de color taronja. La de la Thea, verda. I la de l'Arnie, blanca. La veritat és que no tenia ni idea de què significaven els colors.

—Al final del tercer dia (això era el vespre de dimarts) heu d'haver aconseguit deu xapes. Ni vuit, ni nou més-un-gran-esforç. Vull dir exactament DEU XAPES. Qualsevol nombre que no hi arribi, us enviarà de pet cap a casa —ens va informar en Fish.

—QUÈ?! —vaig saltar juntament amb tota la resta.

—Però és que jo he d'acabar! —va dir en D.J.—. Si no, m'enviaran al centre de menors.

—I a mi —s'hi va afegir en Burp—. No em poden fer fora.

—Bé, doncs assegureu-vos que no sigui així —va dir la sergent Pittman—. I això no s'acaba aquí... Al final del sisè dia, heu d'haver guanyat vint xapes. Només a aquells de vosaltres que en tingueu vint, se us permetrà quedar-vos fins a l'últim dia. Es diu la norma de «deu, vint i al carrer».

«I és clar», vaig pensar. «Més normes. Quina sorpresa».

—Guanyes xapes superant obstacles —va dir en Fish—. Fent les tasques que se t'assignen al campament i també les que no se t'assignen.

—I, per sobre de tot, en guanyes demostrant-nos que ets un jugador d'equip —va dir la Pittman.

—Tios! —va saltar en Diego—. Això no és just.

—En prenem nota —va replicar en Fish.

I així com si res, la setmana més dura de la meva vida s'havia endurit encara més.

Com unes deu o vint vegades més, depenent dels dies que durés allà.

CAPÍTOL 20

ELS PRINGATS MAI GUANYEN (PERÒ DES DE QUAN SÓC UN GUANYADOR?)

—Molt bé, espavileu! —ens va dir el sergent Fish—. Encara ens queda molta feina a fer.

Tothom estava supermosca i rebotat per la nova norma, l'estómac buit i la meva cagada a l'obstacle de la torre. Amb tot, ens vam començar a carregar les motxilles.

Bé, tothom tret de l'Arnie.

—Eh, un moment —va dir plegant-se de braços—. Ens donaran alguna cosa per menjar o què?

—Per descomptat —li va respondre en Fish—. Demà a primera hora del matí. Mentrestant, podeu reflexionar pel que fa al daltabaix d'avui.

—Ho deu dir de broma! —va saltar l'Arnie.

—Jo no faig broma, nano —li va dir en Fish.

—Ah, no? —va replicar l'Arnie mentre es tornava a asseure—. Bé, doncs jo no vaig enlloc fins que no em donin alguna cosa per menjar. Què me'n diu?

Per uns instants, ningú no va dir res. Era com en aquelles pel·lis antigues de l'Oest quan a la cantina no se sent ni una mosca... El paio del piano para de tocar... Els jugadors deixen les cartes marcades a la taula... I totes les mirades es dirigeixen al pobre que està a punt de rebre una bala enmig del crani.

Però llavors en Fish va dir l'últim que esperava sentir.

—Potser hauries d'abandonar —li va dir a l'Arnie en una veu sinistrament calmada que, d'alguna manera, feia més por que els crits a què ens tenia acostumats.

—Que QUÈ? —va dir en D.J.

—Podem marxar? —va preguntar la Thea.

—És clar que sí —va respondre la Pittman—. Però la cosa és, us ho podeu permetre?

—Bé, Arnie, pots fer-ho? —va dir-li en Fish—. Perquè hi ha un munt de teca al campament base. I estic segur que podràs explicar als teus pares, o a qui sigui que t'hagi apuntat aquí, per què no has durat ni una hora.

L'Arnie va arrufar les celles de tal manera que amb prou feines se li veien els ulls. Però llavors es va limitar a aixecar-se i a posar-se la motxilla sense badar boca. En Fish havia guanyat.

—En fi... ja m'ho pensava —va dir el sergent—. I ara, en marxa!

Mentrestant vaig començar a donar voltes a allò d'abandonar.

Després del meu fiasco a la torre, em vaig imaginar que tenia un zero per cent de possibilitats de superar tota la cosa. Com se suposava que havia d'escalar una muntanya rocallosa si ni tan sols podia grimpar per una torreta de res sense perdre el món de vista?

Per no mencionar que cap d'aquells xavals em volia veure ni en pintura. Jo era en Cagacalces: el que els havia engegat el sopar en orris. I si tot allò de l'escalada, el ràfting i la inanició no em matava, segurament ho faria la norma aquella de «deu, vint i al carrer».

De fet, com més hi pensava, més em semblava que abandonar no era només una bona idea. Era l'única.

Ho veia claríssim...

CAPÍTOL 21

VIDA DE DELINQÜENT

—ABANDONO!

Les paraules em surten de la boca abans que pugui aturar-les. Ja està; no hi ha marxa enrere.

Els sergents Fish i Pittman em miren com si fos un cagalló a la sabata, però la resta criden amb entusiasme. I ja planegen la festa «Bon vent, Cagacalces».

Trenta minuts després, estic assegut a la meva maleta al costat de la carretera al campament base de la Muntanya Rocallosa, esperant que la mare em vingui a buscar. Amb una mica de sort, aquest vespre em cruspiré un parell d'hamburgueses amb formatge! A veure, segur que la dona es posarà com una moto, però ja li passarà, oi?

Però aquí és quan em trobo amb el meu primer entrebanc.

Espero una hora.

I dues.

Cinc hores.

Quinze.

Al cap de tres dies, ho pesco. La mare no vindrà. Aquesta era la darrera oportunitat que tenia per demostrar-li que sóc un bon fill i l'he cagat.

De manera que començo a caminar. Quina altra opció tinc? Trio una direcció, trec el polze i espero el millor. Potser algú s'apiada de mi; el gallina solitari.

Al cap de cent trenta quilòmetres, una camioneta tronada s'atura i salto a dins. Estic tan cansat que ni se'm passa pel cap mirar qui hi ha al volant.

D'altra banda, com se suposa que he de saber que el paio en qüestió s'acaba d'escapar de la presó o alguna cosa per l'estil?

El nom del meu nou amic és Rocco i no trigo gaire a adonar-me que és un delinqüent, però ara mateix jo també ho sóc, cosa que ens fa pràcticament parents. Ens haurem de fer costat.

Al cap de no res, em trobo vigilant un pàrquing per veure si hi ha policies, mentre en Rocco atraca una botigueta d'aquelles que no tanquen en tota la nit... o dues... o tres... Quan surt el sol, tinc cinquanta dòlars a la butxaca i un episodi greu de cefalea de tots aquells sorbets que hem robat. (No em puc resistir al de gerd blau.)

En Rocco i jo formem un bon equip, de manera que anem fent. Els diaris ens comencen a anomenar R&R, per Rocco i Rafe, però els polis no ens enxampen ni de conya; som com fantasmes. Així que saltem d'estat en estat i passem a cops més grossos sobre la marxa.

Abans que diguis «sabia que acabaria així», ja em tens amb una careta de Bugs Bunny dient a una paia del First National Bank de Tucson que ompli la bossa amb bitllets de vint sense marcar.

Aquest és el nostre cop més potent, però no podem continuar així... En Rocco em diu que val més que ens separem i deixem d'actuar fins que tot plegat es refredi una mica. «És pel nostre bé», em diu.

Però segur que el trobo a faltar. És com el germà gran increïblement perillós i pinta que no he tingut.

Després d'allò, enfilo cap a les muntanyes. M'endinso al bosc, em busco un amagatall decent i m'hi instal·lo per a una bona temporada. M'anirà bé un descans, si més no. Aquesta vida de delinqüent és esgotadora. Així que recolzo el cap en una roca i tanco els ulls per fer una becaineta.

L'últim que sé és que em desperta el so dels helicòpters. És l'FBI! Em busquen! I també sento les unitats tàctiques terrestres apropant-se. En qualsevol moment tindran el bosc rodejat.

Vida penitenciària, espera'm!

Digues a la mare que l'estimo. Digues a la senyora Stricker que tenia raó. I digues a Jeanne Salletta que endavant, que es casi amb el Comesdigui. Ara mateix no li convinc. Suposo que el problema...

Quan vaig obrir un ull, el sergent Fish m'estava tirant capellans a la cara i tothom enfilava caminet amunt. M'havia penjat molt amb la meva escapadeta al Planeta Rafe.

—Se m'han acabat les invitacions impreses, Khatchadorian! —em va dir—. Enfiles o què?

—Sí, sí, ja vinc —vaig replicar—. Oi tant, que vinc.

Llavors em vaig afanyar per atrapar el grup amb la imatge fresca d'en Rocco al cap.

Quina fugida... Suposo que pots afegir això a la llista de coses que no són el meu fort.

D'altra banda, qui es pot permetre aquesta vida de delinqüent?

CAPÍTOL 22

EN BURP

Durant la nostra primera caminada, en un moment donat, en Fish em va posar al capdavant de la fila, cosa que implicava que si havíem de travessar una bardissa, jo era el primer. Si hi havia un sot que a penes es veia, ja em tenies tot llarg a terra. I si ens topàvem amb una granota verinosa a punt d'atacar (tot i que a Colorado no n'hi ha)... bé, ho agafes, oi?

Al cap d'una estona, el caminet es va fer més ample, i llavors va ser quan en Burp se'm va plantar al costat.

—Ei —em va dir.

—Ei —vaig replicar.

—Com va?

—Bé —vaig respondre-li, perquè era millor que dir-li que aquell era un dels pitjors dies de la meva vida.

—Per cert, no t'amoïnis per allò de la torre —em va

dir—. I passa d'en Fish, també. El paio borda molt però no mossega...

—Sí, ja —vaig assentir amb el cap—. Però no les tinc totes...

—Em pots guardar un secret? —em va preguntar, cosa que em va semblar molt estranya.

De fet, ja em sorprenia força que estigués allà parlant amb mi. No pensava que ningú es volgués apropar a en Cagacalces, però semblava que a en Burp tant li feia.

—És clar que et puc guardar un secret —vaig dir-li. (De debò, hi ha algú que contesti «no» a aquesta pregunta?)

Aleshores se'm va apropar una mica més i va mirar a terra mentre parlava.

—Se suposa que no ho ha de saber ningú —em va dir en veu baixa—, però resulta que el sergent Fish és el meu oncle.

—QUÈ?! —vaig saltar, i llavors ho vaig repetir sense cridar com un imbècil—. Què?

—Bé, no és que rebi cap tractament especial ni res... —va dir-me—. Aquí també li he de dir sergent, com qualsevol de vosaltres, però a casa és el tiet Fish, vaja.

Costava d'imaginar. Tiet Fish?

Com seria la cosa?

—I així doncs, què hi fas, al programa? —li vaig preguntar—. T'has ficat en embolics, també?

—Oi tant. I dels grossos —em va contestar en Burp—. Si no l'acabo, aniré sis mesos al centre de menors. I després, directe a la casa gran.

Aquell xaval deia unes coses molt rares.

—Quina casa gran? —vaig preguntar-li.

—El centre peniten... hola? Em refereixo a la garjola de debò —em va dir—. Tan bon punt fas els divuit, és on t'envien.

—Ja en tens disset? —vaig saltar. Semblava més jove que jo, però es va limitar a arronsar-se d'espatlles.— Què vas fer, de totes maneres? —li vaig preguntar.

—Bé, bàsicament va ser un accident —em va dir—. El cotxe el vaig robar expressament, però no tenia intenció d'encastar-lo a l'aparador d'aquella pastisseria. Hauries d'haver vist el desastre!

—No fotis! —vaig exclamar.

—Dònuts per tot el parabrisa... nata per tota la reixeta del davant...

—BURP! —va cridar la sergent Pittman, just darrere nostre, fent-me botar un metre i mig. Et juro que era com una mena de ninja capaç de caminar sobre una pila de fulles seques sense que la sentís ningú.

—Què hem dit pel que fa a les mentides? —va preguntar-li la sergent.

—Ja ho sé, ja ho sé... —li va dir en Burp—. Estava fent una mica el burro.

—Doncs ja n'hi ha prou! —va replicar la dona.

I després d'allò, el xaval va continuar caminant com si haguéssim estat parlant del temps o alguna cosa per l'estil.

—Així doncs, hi ha res d'això que m'has dit que sigui... diguéssim... veritat? —li vaig preguntar.

—No exactament —em va dir—. La veritat és que em van expulsar de l'insti per tirar tota una capsa de petards al lavabo...

—BURP! —va bramar la Pittman.

—D'acooord... un petard —va rectificar.

—Uau —vaig dir, però potser no en el sentit que ell es pensava. Estava començant a pensar en tota la gamma de pirats que teníem en aquest campament. Aquesta gent em feien semblar descaradament normal, que ja és dir.

Tot i això, no em preocuparia gaire d'en Burp. El paio semblava força inofensiu. No és que fos un amic, exactament, però almenys no era un enemic.

I allà necessitaria tots els no-enemics que pogués aconseguir.

CAPÍTOL 23

CAMPAMENT, DOLÇ CAMPAMENT

Quan vam arribar al «campament», em va semblar que allò no era més que un tros de «bosc» com qualsevol altre. Allà a prop hi havia un rierol i unes roques per terra on es podia fer una fogata. I també arbres. Un munt d'arbres i més arbres.

—Campament, dolç campament —va dir la sergent Pittman.

Llavors vaig pensar que descansaríem una mica.

—Molt bé, escarabats. Descarregueu les motxilles i dividiu-vos en dos equips —va dir en Fish—. Necessito quatre voluntaris per fer el foc amb la Pittman, i quatre per muntar les tendes amb mi.

—JO VULL FER EL FOC! —va dir tothom alhora.

—Vaja, quina sorpresa —va dir en Fish—. Diego, D.J., Thea i Burp. Veniu amb mi.

I això volia dir que em tocava amb la paia de la serp, el rondinaire musculós i aquella que no piulava. Però suposo que hauria pogut ser pitjor. M'hauria pogut tocar amb en Fish.

La sergent Pittman ens va fer desfilar cap al bosc per agafar escorça de bedoll i arreplegar branques seques.

I, per descomptat, ens va deixar anar unes quantes normes més.

—Aquí funcionem com amics molt amics —ens va dir—. Ningú va sol enlloc. Mai.

—Tinc una pregunta —va dir l'Arnie—. I si ens vénen ganes d'anar a...

—Em veniu a veure a mi primer —va contestar la Pittman—. I no se us acudeixi anar de ventre fins que no us hàgim ensenyat a cavar un forat, així com ho faria un gat... ja m'enteneu...

Tenia bastant clar a què es referia amb allò del gat, però a mi no em feia punyetera gràcia. Hi ha coses que val més que vagin vàter avall.

—Molt bé, cadascú que triï un company —va dir la Pittman. I de sobte, em vaig notar un cop al braç.

—Au! —vaig fer.

—Jo vaig amb en Rafe —va dir la Carmen—. Entès.

—Ah, sí? —vaig dir.

—D'acord, vosaltres dos comenceu amb l'escorça de bedoll —ens va dir la Pittman—. Verònica i Arnie, vosaltres busqueu estelles: branquetes i altres materials lleugers. I recordeu, no us perdeu de vista l'un a l'altre. Si el teu company s'extravia, és culpa teva.

—Aconseguirem una d'aquelles xapes per fer això? —va preguntar la Carmen.

—Pregunteu-m'ho tan bon punt hàgiu enllestit —va respondre la Pittman, cosa que segurament volia dir que sí, però que primer havíem de suar una mica. O molt.— I ara aneu per feina. Torno de seguida. Feu-me un crit si teniu algun problema.

I, dit això, la dona va carregar un tronc que feia gairebé tant embalum com jo i va enfilar cap al campament.

Exactament als dos segons d'haver perdut de vista la Pittman, la Carmen va començar a caminar en la direcció oposada.

—On vas? —li vaig preguntar, seguint-la—. Se suposa que no ens hem de separar...

Es va tombar i em va mirar com podries mirar un xiclet llardós enganxat a la vorera.

—Ah, ets un d'aquells que perden el cul per complir les normes —em va dir.

—No —vaig replicar—. Precisament aquest és el meu gran problema. Per què dimonis et penses que sóc aquí?

Això la va fer somriure d'una manera que em va espantar una mica. Llavors va dir:

—Ets així com bastant mono, saps?

I em vaig quedar de pasta de moniato. Vaja, si la noia m'estava intentant provocar un curtcircuit al cervell, ho havia aconseguit de totes totes.

—Ara torno —em va dir—. He d'anar a parlar amb la Verònica.

—Bé... mmm... sí... mmm... d'acord —vaig replicar.

Però no és que li calgués permís ni res. Ja havia tocat el dos.

CAPÍTOL 24

QUE QUEDI CLAR

Per a mi, la Carmen era a les antípodes de la Jeanne Salletta, llevat d'una cosa: tampoc tenia ni idea de com comportar-me quan era al seu costat.

Això volia dir que li agradava? O que a mi m'agradava ella? Però, vaja, tenia cap importància el que jo pensés?

Quan vaig veure venir la sergent Pittman pel bosc, vaig fer senyals a la Carmen perquè es posés les piles. No volia que tingués problemes, però sobretot no volia tenir-ne jo, tampoc. Amb tot, no vaig ser capaç de mirar-la quan venia d'on era la Verònica recollint branques. Em vaig limitar a continuar arrencant escorça de bedoll com si m'hi anés la vida. Concentrat al màxim, vaja.

—Això és el que heu recollit entre tots dos? —ens va dir la Pittman—. Us haureu d'esforçar molt més. Au, vinga, espavileu!

—Oh, i tant, sergent —va dir la Carmen—. Ja ho fem.

Quan vaig tornar a mirar cap a baix, em vaig adonar que la meva pila d'escorça s'havia reduït a la meitat. I la de la Carmen era molt més alta. Vaja, que la meva escorça era allà al seu costat com si hi hagués sigut tota l'estona. I fins i tot va tenir la barra de quedar-se amb la pila que feia més embalum.

Tan bon punt la Pittman se'n va anar a controlar la Verònica i l'Arnie, la Carmen em va tornar a dedicar un d'aquells somriures.

—Gràcies per no piular —em va dir—. La propera vegada, ja et cobreixo jo.

—Cap problema —vaig replicar—, però segurament no hauries de desaparèixer d'aquesta manera. No vull que a cap dels dos ens toqui el rebre.

La Carmen va donar un cop d'ull per sobre l'espatlla cap a la Pittman i llavors va fer una passa cap a mi. La tenia a prop, ara; molt a prop. Aquell tatuatge de la serp pràcticament em xiulava.

Aleshores se'm va aproximar encara més i se'm va posar la pell de gallina.

—Que quedi clar —em va dir la Carmen amb un xiuxiueig—. Potser ets mono, però et puc enviar a l'hospital de pet si em dóna la gana, i tots dos ho sabem. De manera que no se t'acudeixi tornar-me a dir el que he de fer mai més.

Ufff... Abans que digués allò, em pensava que m'anava a plantar un petó. Sí, sóc així de lluç.

Bé, jo mai he fet un petó a ningú. No d'aquest estil, vull dir.

Sincerament, no sabia si volia que me'l plantés o no. De tota manera, la cosa no depenia de mi. Vaja, l'únic petó que podia rebre aquell dia seria el d'una serp.

I aquest seria el petó de la mort.

EL PRINGAT
i en LEO a:
ELS
JOCS DE
LA FAM
RAAAUU!
BRRRRMM!
Tinc gana!
RAAAUU!
BRUUUUM!
RAAAUU!
Em moro de gana!
AAARG!
Sss!

Relaxa't, sóc jo.
I també tinc gana!
Bé, doncs per aquí no veig teca!
I què farem, doncs?
No ho sé. Cap idea?
Ei, jo en tinc una!
NYAAAM!
Amb això, ja ho hauríem solucionat.
Eh, però jo encara tinc gana!
I ara unes paraules del nostre PATROCINADOR!

NOU
MÉS RÀPID
SERP-LAX
COMPRA'L
ARA
SERP-LAX
PER A QUAN VULGUIS QUE LA TEVA SERP FACI UNA BONA BUIDADA!
Ufff...
ABANS
Ara un 20% més ràpid que l'antiga fórmula!
AMB GUST DE RATOLÍ
Et traurem de dins la teva serp sa i estalvi en un parell de dies!
(D'acord, potser tres.)
COMPRA'L ARA!
Mai tornaré a fer bona olor.
DESPRÉS

CAPÍTOL 25

A POSAR-SE LES PILES!

Em vaig passar la resta de la nit gargotejant al meu «aixopluc», pensant en el buit que tenia a l'estómac i en el que m'havia passat amb la Carmen, fos el que fos. El campament no era precisament el millor lloc del món, tot i que muntar-lo ens havia fet guanyar les nostres segones xapes. De manera que l'endemà, quan el sergent Fish va tocar diana a punta de dia, amb un fred que pelava, em volia sentir un desgraciat.

Però no podia. Només tenia una paraula al cap i va ser l'únic que vaig necessitar per sortir disparat de la tenda com una torrada d'una torradora.

D'acord, no m'esperava ben bé creps de nabius i béicon extracruixent, però ni tan sols m'importava. La cosa era que tocava MENJAAAAR! ESMORZAR!

Però de tornada al món real, l'únic que ens vam trobar va ser l'alè pudent del sergent Fish i no gaire més.

—Bon dia, escarabats! —ens va dir—. Algú té gana?

—No, millor algú no té gana? —va replicar en D.J.

—Bé, llavors anem per feina —va dir en Fish, i l'estómac em va començar a botar d'emoció—. Necessitareu aigua per bullir —ens va dir.

—Cap problema —va dir en Burp, i vam enfilar cap al rierol.

—Eh, un moment! Necessitarem un foc per escalfar l'aigua —va afegir el sergent.

—D'acord —va dir la Thea, i alguns de nosaltres vam fer mitja volta cap a la fogata.

—Què feu? Us penseu que el foc s'encendrà sol? —va saltar en Fish—. Necessitareu fusta seca, i una bona pila.

Començava a captar com li agradava, a en Fish, tocar-nos el voraviu. Però allò no volia dir que el paio mentís pel que feia a les tasques. Suposo que per això ens havíem de llevar a primera hora del matí... Vaja, per poder esmorzar abans de dinar.

Però ho vam aconseguir. Ens vam dividir, vam arreplegar escorça de bedoll, vam recollir fusta, vam encendre el foc, vam bullir aigua del rierol i fins i tot ens vam preparar el menjar nosaltres mateixos, tan bon punt en Fish i la Pittman ens van explicar com fer-ho. I quan per fi va arribar l'hora d'endrapar, només hi havia un parell de culleradetes de cereals de civada d'aspecte deplorable, però tot i així, els vaig trobar els més deliciosos que havia tastat mai.

Saps que diuen que tot sembla més bo a l'aire lliure? Doncs bé, tot sembla fins i tot encara més bo quan ets a l'aire lliure i l'únic que has tingut a la panxa durant vint-i-quatre hores és aigua, saliva i aire.

I, de fet, ni tan sols m'agraden els cereals de civada.

—Vull que recordeu una cosa —ens va dir la Pittman mentre engolíem la pasterada en qüestió—. La majoria de xavals que van a dormir amb l'estómac buit no coneixen la procedència del seu esmorzar. De manera que val més que ho tingueu present la propera vegada que penseu que teniu gana.

Ningú no va dir res, a menys que «mmm» i els sorolls d'empassar-se la teca comptessin.

Però vaig sentir el que havia dit la sergent Pittman i, per descomptat, aquell dia vaig valorar l'esmorzar des d'un altre punt de vista. De fet, diria que van ser els deu o quinze minuts més feliços que havia viscut en molt temps.

CAPÍTOL 26

MÉS D'UNA MANERA DE JUGAR

Tan bon punt vam acabar de menjar, en D.J. es va aixecar i va començar a recollir els plats bruts de tothom. Jo no hi vaig donar cap importància fins que la sergent Pittman li va somriure d'orella a orella.

—Gràcies, D.J. —va dir-li la dona—. Pots rentar-los allà a baix al rierol. —I llavors va entaforar la mà a la butxaca i li va donar una volandera pintada de blau. Una altra xapa!

—Fixeu-vos en en D.J., escarabats —ens va dir en Fish—. Aquí, fer una tasca sense que t'ho diguin té un valor. I no us penseu que ens hem oblidat de les xapes que cadascun de vosaltres ha d'aconseguir per superar aquest curs.

Vaja... Gairebé me n'havia oblidat; això no era només una setmana de tortura, era també una mena de joc. El típic que comences a perdre tan bon punt oblides que hi estàs jugant.

M'havia estat preocupant un munt de la teca, la Carmen, en Fish i de no estimbar-me muntanya avall, però si no em començava a concentrar més a guanyar aquelles xapes, la resta no importaria. I en un tres i no res em trobaria robant bancs amb el meu bon amic Rocco.

En altres paraules, em calia una estratègia per aconseguir totes aquelles xapes. I el millor que se m'acudia, de moment, era parlar amb el xaval que fins llavors estava jugant millor. De manera que vaig arreplegar un parell de culleres que havien quedat per allà i les vaig portar cap al rierol, on en D.J. estava rentant la resta.

—Ei, ho has fet expressament, oi? —li vaig preguntar ajupint-me al seu costat.

—Bé, si t'interessa, doncs sí.

—Doncs ha estat una jugada mestra —li vaig dir—. A hores d'ara ets l'únic amb tres xapes, mentre que la resta només en tenim un parell.

En D.J. es va mirar la cinta que li penjava del coll.

—Ah, això? —va replicar—. Sí, ha molat, també; però la veritat és que jo només volia els bols.

—Els bols? Per què? —vaig preguntar-li.

—Perquè encara estic mort de gana —em va confessar. I llavors va agafar el primer de la pila i en va llepar l'interior enfonsant-hi la cara tan endins com va poder.

—I amb això, fas un bon ressopó! —em va dir arreplegant-ne un altre.

En D.J. sabia com jugar les seves cartes, però no buscava el que jo m'havia imaginat.

—Ei, no et tallis. Endavant, si vols. —I em va assenyalar un altre dels bols.— En pots agafar tres, però jo em quedo els altres sis perquè he tingut la idea.

Vaig mirar un d'aquells bols i, a dins, encara hi quedaven, almenys, un bon parell de grumolls que al meu estómac li van fer molt el pes.

D'altra banda, allò era menjar. I el menjar era energia; just el que necessitava per guanyar aquelles maleïdes xapes, que eren el quid de la qüestió.

En altres paraules, de l'estratègia.

—Bé, potser sí que te n'agafo algun —vaig dir-li. I cap dels dos va tornar al campament fins que els plats de l'esmorzar van quedar com una patena.

I després de la meva xerradeta amb en D.J., vaig decidir que ja era hora de posar-me les piles. M'havia d'organitzar.

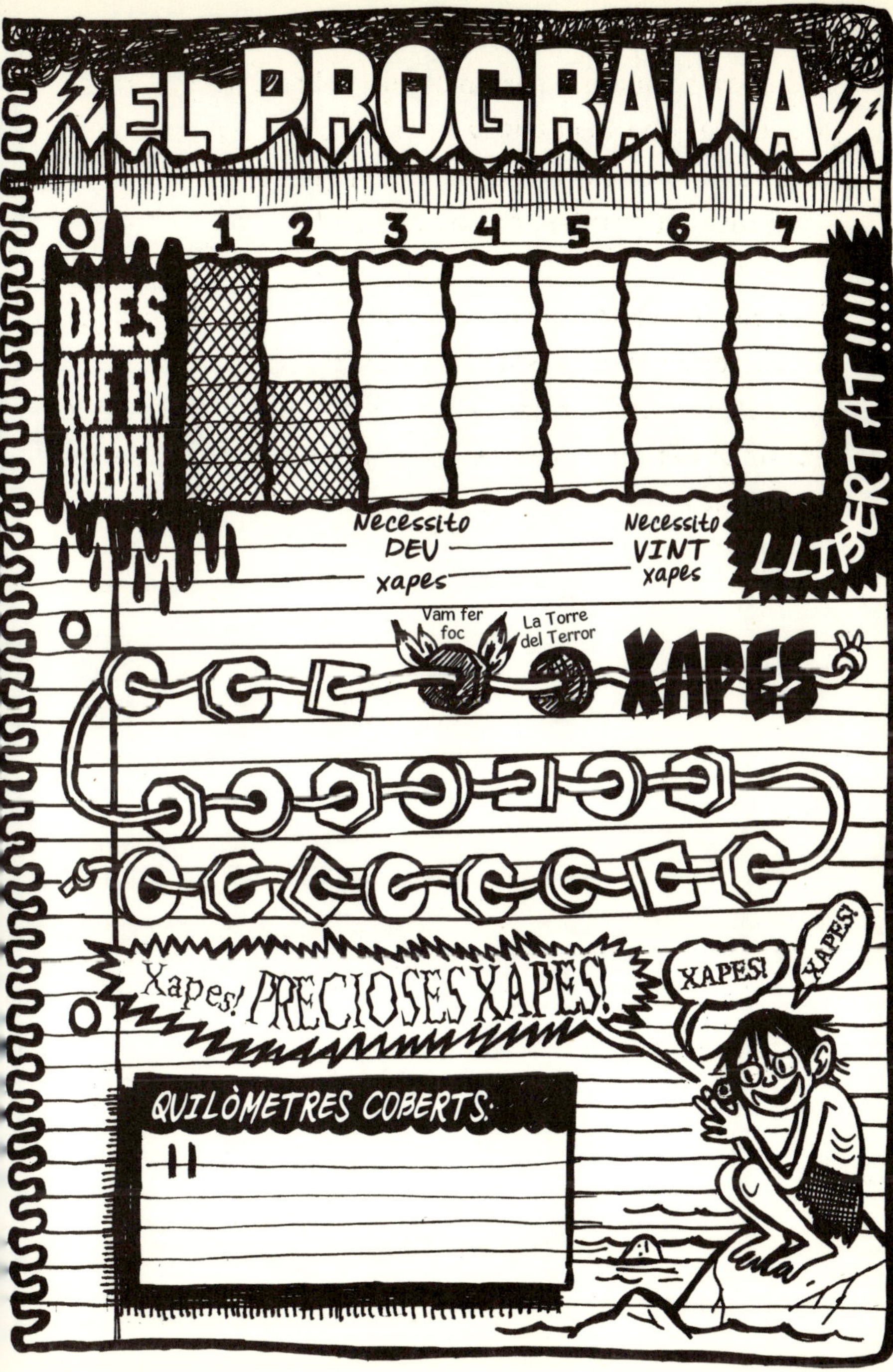
EL PROGRAMA
0 1 2 3 4 5 6 7
DIES QUE EM QUEDEN
LLIBERTAT!!!!...
Necessito DEU xapes
Necessito VINT xapes
Vam fer foc
La Torre del Terror
XAPES
Xapes! PRECIOSES XAPES!
XAPES!
XAPES!
QUILÒMETRES COBERTS:
11

OBSTACLES -1
ZONA DE PERILL
Ordenats de menys a més terrorífics
Ei, guapo... Recorda, MUTS I A LA GÀBIA.
No et preocupis! Pots confiar en mi...
Khatchadorian! Para de gargotejar i concentra't en EL Programa!
Ni tan sols vols saber per què m'han enviat aquí.
um...

CAPÍTOL 27

MALES NOTÍCIES, COL·LEGUES

—Au, feu una rotllana, calleu i escolteu —ens va dir en Fish després d'esmorzar—. Ja és hora que pensem a atacar l'enorme riu Arkansas.

—Sí! —vaig saltar, però me'n vaig penedir a l'instant en adonar-me que tothom se m'havia quedat mirant.

Això era el que em venia més de gust. Fer ràfting en aigües braves em semblava fantàstic. I necessitava ensenyar a tothom que podia ser alguna cosa més que en Cagacalces.

Però només faltava una cosa per al meu genial pla.

—On són les llanxes? —vaig preguntar.

En Fish em va picar el front amb el dit índex.

—Just aquí —em va contestar.

—Com?

—Benvingut a l'obstacle número dos, escarabats. Us

les haureu d'empescar per construir-les vosaltres mateixos.

—Seguint unes petites instruccions —va afegir-hi la Pittman dibuixant alguna cosa a terra amb un pal.

—Necessitarem una bona càrrega de fusta per fer-ho —va dir en Fish—. La sergent Pittman i jo ja hem inspeccionat la zona, i hi hauria d'haver prou fusta per a dos rais. De manera que aparelleu-vos amb el mateix company d'ahir i poseu-vos en marxa.

Això volia dir que em tornava a tocar amb la Carmen, que ja em mirava com si fos alguna mena d'aperitiu post esmorzar.

De manera que mentre tothom començava a preparar-se, vaig enfilar cap a la Pittman, que estava recollint el seu equipament.

—Sergent Pittman, li puc preguntar una cosa? —li vaig dir.

—Doncs mira, no ho sé... Pots? —em va dir.

—Mmm... daixò... em plantejava fins quan hem d'anar amb el mateix company —li vaig preguntar—. És per a tota la setmana, o...

—Per què? Hi ha cap problema?

—Bé... —vaig dir.

—Sí, Rafe, hi ha cap problema? —va dir algú darrere meu.

Glups.

Em vaig tombar i vaig veure la Carmen palplantada i de braços plegats. No va dir res més, però podia sentir-la (a ella i a la seva col·lega, la serp) perfectament: «TANCA LA BOQUETA O T'ENVIARÉ A LA SECCIÓ DE LA CARN PICADA».

I estava segur que n'era molt capaç.

—No —vaig replicar—. Cap problema. Per què n'hi hauria d'haver cap? Tan sols era... ja saps, curiositat.

—Què, solucionat, doncs? —va rematar la sergent

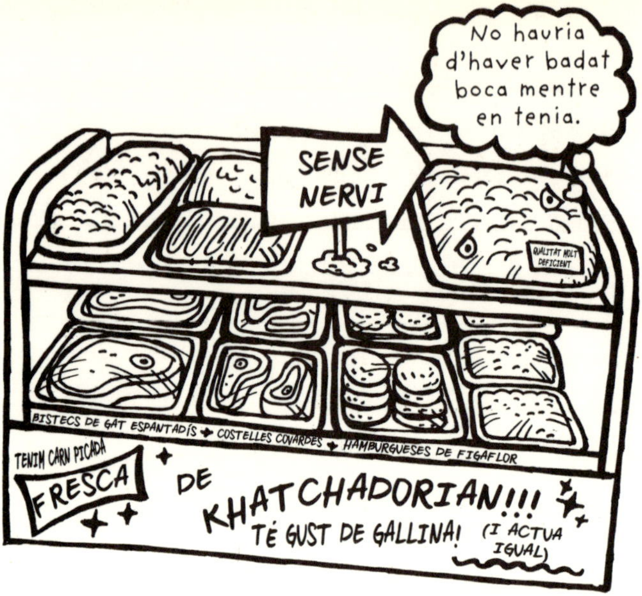

Pittman, i vaig notar com totes dues em clavaven la mirada.

—Mmm... suposo que sí —vaig contestar.

—Au, va, Rafe —va dir la Carmen. I quan em va passar el braç per l'espatlla, em vaig estremir.— Tenim feina a fer —va afegir.

Però tant tu com jo sabem què volia dir, oi?

Doncs que «jo» tenia molta feina a fer. Feina com per a un parell, vaja.

CAPÍTOL 28

IMANT PER ALS PROBLEMES

Qualsevol que hagi llegit els meus altres llibres sobre la meva experiència a la secundària, segurament ja sap un parell de coses de mi:

1. De tant en tant em fico en algun petit embolic.

2. D'acord, en embolics de grans dimensions. I força sovint.

3. De vegades la culpa és meva.

4. PERÒ DE VEGADES NO!

I de debò que és el punt 4 el que no acabo d'entendre. Mai t'has sentit com si anessis per la vida amb un rètol de PRINGAT a l'esquena? Doncs jo sí. Sempre. Sóc com una mena d'imant per als problemes i no puc fer res per aturar-ho.

Per exemple, sabia perfectament per què m'havien enviat a El Programa. Allò va ser (majorment) culpa meva. Però no tenia punyetera idea de per què la Car-

Què passa? I a qui puc esto-macar?
He de... fotre-li... els calés... per al dinar...
No me'n puc estar... L'he de veure amb el cap al VÀTER...

men m'havia triat com al seu espàrring personal. Simplement ho havia fet i punt.

A això em refereixo més o menys.

Que si em feia por la Carmen? Doncs sí. Però aquest no era l'únic motiu per no badar boca davant de la sergent Pittman.

Només pretenia fer el que calgués per aconseguir aquelles vint xapes i arribar a la meta. I, mentrestant, m'ocuparia del que m'havia d'ocupar... Especialment de la Carmen.

D'altra banda, allò només duraria una setmana. Al campament Wannamorra, vaig haver de patir en Doolin i els linxs rojos durant cosa d'un mes. I a l'ISHV, vaig haver de suportar que en Miller l'Assassí em fes la vida impossible durant NOU mesos.

Una setmana no era res. Podia aguantar qualsevol cosa que durés aquest període de temps.

Almenys això és el que em repetia constantment.

Una vegada i una altra i una altra...

CAPÍTOL 29

TOTA LA FEINA I LA MEITAT DE XAPES

Ens vam passar les hores següents buscant arbres caiguts de la mida adequada...

...i apilant-los...

...i arrenglerant-los...

...i buscant travessers...

...i lligant-los junts amb uns nusos que la Pittman i en Fish ens havien ensenyat a fer...

...fins que allò finalment va començar a fer la pinta d'un parell de rais de debò.

I quan dic que ho «vam» fer, em refereixo a tothom tret de la Carmen. Ella es va passar l'estona dient-me el que havia de fer i el que no, i fent veure que treballava cada vegada que la Pittman i en Fish s'apropaven per inspeccionar-nos les embarcacions.

En fi, l'únic que puc dir és que no vaig parar ni un moment.

zzz
Vull aquests nusos més forts!
Porteu la fusta més de pressa!
Va! Va! Vinga! Vinga!
MOVEU EL CUL!
RUTLLEU!

Tot i això, ja et pots imaginar la Carmen a primera fila quan la Pittman va començar a repartir la següent tongada de xapes.

—Bona feina, nois —ens va dir. I llavors em va entregar una xapa taronja i a la Carmen, una de lila.

Però el més fort va venir al cap d'un segon, quan tothom es disposava a preparar el dinar. De sobte, en Fish em va plantar la seva enorme grapa a l'espatlla.

—Anem a fer una passejadeta —em va dir.

I no em va agradar gens com va sonar la cosa.

—Què he fet, ara? —vaig preguntar—. M'he ficat en algun embolic?

—No ben bé, però hem de parlar... —em va deixar anar. I aquesta no és precisament la mena de resposta que esperes quan algú com en Fish t'obliga a seguir-lo amb destí desconegut.

—On anem? —li vaig preguntar.

—Tu camina i calla.

Al cap de no res, ens allunyàvem del campament i ens endinsàvem al bosc. I el que és pitjor, ens allunyàvem també de la Pittman i dels altres xavals, també coneguts com a potencials testimonis del càstig horrorós que m'esperava, fos el que fos.

I en aquells moments, l'únic que em va venir al cap va ser: «Merda... Ja he begut oli!».

CAPÍTOL 30

LA XERRADETA AMB EN FISH

Tan bon punt érem prou lluny perquè ningú ens pogués sentir, en Fish va anar per feina.

—Deixa'm preguntar-te una cosa —em va dir—. T'has penjat d'aquella noia o alguna cosa?

No sé ben bé què m'esperava que em preguntés, però allò segur que no. I com que no tenia cap resposta bona, vaig mirar de tirar pilotes fora.

—Quina noia? —vaig despistar.

—A veure, escarabat... —em va dir, però va sonar més aviat com a «això ho podem fer de la manera fàcil o de la difícil...». Vejam, jo sabia perfectament de qui em parlava i ell, per descomptat, sabia perfectament que jo ho sabia.

—Ah... La Carmen? No, senyor —vaig dir-li mirant de posar cara d'innocent—. No hi ha res d'això.

—Llavors per què dimonis li treus contínuament

les castanyes del foc? —em va preguntar sense embuts.

—Com? —vaig fer. La cosa se m'escapava de les mans.— Un moment... N'està al cas?

—Es fa difícil no estar-ne, no et sembla? —va sentenciar en Fish.

—I llavors com és que l'hi deixa passar? —li vaig preguntar.

El paio em va picar al front.

—No ho pesques, oi, nano? —em va dir—. Això no és l'institut, noi; ni jo sóc el teu tutor. Aquí t'has de buscar la vida. Vols carregar amb el mort d'un altre? Doncs tu mateix.

Ufff...

I aquí ve quan em trec de la butxaca una de les meves Cartes d'Alliberament, de l'estil d'aquelles amb què pots sortir de la presó. La passo a en Fish, em deixa marxar i tots dos oblidem que hem mantingut aquesta conversa, oi?

Sí, ja, això és el que m'hauria agradat!

Descartada l'opció, vaig apostar per la clàssica estratègia de canviar de tema.

No sempre funciona, però, si més no, val la pena intentar-ho.

—No hauríem d'anar tirant? —vaig deixar anar com qui no vol la cosa—. M'hi jugo alguna cosa que a hores d'ara ja tenen els rais al riu.

I saps què? Va colar! I el paio va fer un somriure d'orella a orella.

—Et penses que aquella mena de rierol raquític d'allà baix és l'impressionant riu Arkansas? —em va preguntar.

—Ah, no l'és? —vaig replicar, sorprès.

—Vine cap aquí —em va dir.

I en lloc de tornar cap al campament, ens vam seguir endinsant al bosc i, al cap d'un minut, l'home em va fer ajupir per esquivar una colla de branques de pi i ens vam plantar a sobre d'una roca imponent.

—Vejam, d'això, jo sí que en dic riu —em va dir en Fish.

I l'únic que em va sortir va ser...

Uau...

Vaig fer una passa enrere per allunyar-me del precipici i vaig intentar no mirar avall.

—Però llavors, per què ens han fet construir els rais al bosc? —vaig preguntar—. Per què no ho hem fet aquí?

Però jo aprenia de pressa i ja tenia força clara la resposta.

—Això hauria estat massa fàcil —em va confessar en Fish—. A més, la fusta que necessitàvem no era a prop del riu. I, per cert —va continuar—, fugir d'estudi no treu que hagis de reflexionar sobre tot plegat. Entesos?

—Sí, entesos —li vaig dir. Què volies que li digués?

—Molt bé —va replicar—. Doncs ara som-hi, escarabat; tornem cap al campament! Ha arribat l'hora d'enfrontar-te al teu proper obstacle. Au, va, vinga, vinga, VINGAAAA!

CAPÍTOL 31

UNA SUCADA (MOLT) RÀPIDA

El següent obstacle era més o menys com la Pittman havia descrit tot el programa. A veure, no era tan complicat. L'únic que havíem de fer era agafar els nostres rais nous de trinca i portar-los pel caminet fins al riu. Ep, però tampoc era fàcil. El maleït caminet era S-U-P-E-R-C-O-S-T-E-R-U-T i els rais pesaven com un M-O-R-T. Total que quan finalment vam aconseguir baixar-los fins al riu Arkansas, jo havia suat tot un altre riu.

Però almenys vaig aconseguir una altra xapa. Amb aquella i la que m'havien donat per cavar les latrines, ja en tenia cinc; just la meitat de les deu que necessitava abans del vespre de l'endemà. No estava malament. Per fi les coses se'm posaven de cara.

Bé, per una estoneta, almenys.

El lloc on vam arribar es deia moll, perquè la veritat

és que de sec no n'estava, que diguéssim (la gent aquesta del ràfting no és gaire imaginativa). Hi havia un aparcament amb un parell de camions, alguns tràilers amb caiacs al damunt i una mena de magatzem enorme amb armilles salvavides, vestits de neoprè, rems i no sé quantes coses més.

Tot i que es veien ràpids més avall, l'aigua que hi havia a tocar del moll estava en calma, gairebé com si es tractés d'un llac.

—Ens hi podem tirar? —vaig preguntar a la Pittman.

—Si voleu... —va dir—. Però l'aigua està força freda, aquí.

—Per mi cap problema —va saltar l'Arnie. Ja ens havíem descalçat i tots plegats enfilàvem cap a l'aigua.— L'últim és un podrit...

Per si t'ho preguntaves, aquest era el so de vuit xavals bramant a l'uníson.

Quan la Pittman va dir que l'aigua estava freda, em pensava que volia dir freda i punt. Com la-que-et-surt-de-l'aixeta o com un-glop-d'aigua-fresqueta.

Com m'havia de pensar que es referia a aigua a-vuitanta-sota-zero, tan espantosament-megaglaçada-que-fa-mal-només-de-tocar-la-i-et-converteix-en-un-glaçó? Ei, aquella aigua estava més gelada que el cor de la senyora Stricker al Pol Nord en un dia ennuvolat. Vaja, mig grau més freda i hi podríem haver patinat en lloc de fer-hi ràfting.

Diguéssim que aquella va ser la banyada més curta de la història.

Tan bon punt vam ser fora de l'aigua, només se sentien dents petant.

—Se s-s-suposa que he-e-em de fer r-r-r-RÀFTING aquí dins? —va preguntar en Diego.

—Tècnicament parlant, se suposa que heu de fer ràfting al riu, no a dins del riu —ens va aclarir la Pittman—. D'altra banda, per a això són els vestits aquàtics, nois.

—Aquàtics? No en teniu de secà? —va preguntar en Burp.

—Tinc les mans morades! —va observar la Thea.

—Jo no em noto els llavis —va dir en D.J.

—Ei, ja n'hi ha prou de queixar-vos! —va cridar-nos

AAAARG!
POL NORD, 8 Km
AI-AI-AI-AI-AI-AI-AI-AI!!!
Ah, doncs jo trobo que està bona.
Em pensava que érem a Colorado, no a l'Antàrtida!

en Fish—. Doneu-vos temps. Creieu-me, escarabats, ja us hi acostumareu.

Tot i que em sembla que no es referia a l'aigua. Crec que parlava més aviat del dolor i del patiment.

Però fos com fos, no tenia gaire clar si creure-me'l.

CAPÍTOL 32

EDUCACIÓ FLUVIAL

Durant la resta de la tarda vam tenir una cosa anomenada educació fluvial. Si en ta vida n'has sentit a parlar, tranquil; jo tampoc. L'únic que has de saber és que és una de les cinc coses més avorrides que he fet mai.

En Fish ens va parlar (i parlar...) d'hidrologia, ecologia, biologia i d'altres «ologies» que ara mateix sóc incapaç de recordar. I em sembla que també hi havia un parell d'«ografies» per allà.

També vam aprendre sobre seguretat, seguretat i més seguretat. I després d'una altra inspecció dels rais, la Pittman ens va parlar com si hi hagués almenys trenta-tres maneres diferents d'arruïnar-te la vida per no remar de la forma correcta o per no estar alerta dels perills del riu.

També ens van fer saber els remolins i les cadenes

d'ones que hi havia. I pel que semblava, era superimportant que coneguéssim les diferències entre els ràpids de classe 1, 2, 3, 4 i 5, perquè ens ho van explicar com unes sis vegades.

Finalment, ens van fer pujar als rais. A terra ferma. I allà és on vam aprendre a remar (bé, més o menys). En fi, crec que arribats a aquest punt, tothom s'estava avorrint tant com jo.

—Si caieu a l'aigua, quedeu-vos flotant panxa amunt i mantingueu els peus per davant —ens va dir la Pittman.

—I no intenteu lluitar contra l'aigua! —ens va recalcar en Fish unes dotze vegades—. L'aigua sempre guanya.

—I recordeu —va afegir la Pittman—, treballeu sempre com un equip. Cap pregunta?

—Sí —va saltar l'Arnie—. Què hi ha per sopar?

La Pittman el va ignorar.

—Molt bé, doncs —va dir—. Llavors ja podem passar a fer l'examen.

—Que què?! —va exclamar en Diego—. Ningú no ens en havia dit res.

—En prenc nota —va replicar en Fish, repartint fulls i llapis.

—Qui tingui vuit respostes correctes sobre deu, aconseguirà una xapa extra —va dir la Pittman—. Si feu menys d'això, tornareu a fer l'examen després de repassar una hora.

TOTS ENDAVANT!!!
TOTS ENDARRERE!!!
Ufff...
L'ESQUERRE ENDARRERE! EL DRET ENDAVANT!
La meva esquerra o la seva?

En altres paraules, en la vida havia desitjat tant aprovar un examen.

I ara et quedaràs de pasta de moniato, perquè no vaig encertar vuit respostes sobre deu. En vaig encertar nou! De manera que suposo que hi havia posat més atenció del que em pensava. Potser perquè això del ràfting em feia més por que una pedregada. Què dimonis, si em pogués arribar a morir per no saber quan va començar la guerra de la Independència, m'hi jugo alguna cosa que els exàmens d'història m'anirien molt millor.

Ah, la Carmen també va aprovar l'examen. De fet, les seves respostes van ser exactament les mateixes que les meves.

Ja t'ho pots imaginar.

CAPÍTOL 33

LA PIZZA DEL CAMPAMENT

Quan en Fish ens va dir que aquell vespre prendríem alguna cosa anomenada pizza del campament, em vaig emocionar. Bé, igual que els altres.

Però si estàs pensant «au, Rafe, no siguis il·lús!», ets més llest que jo, perquè allò no m'ho esperava de cap manera.

La pizza del campament consisteix en galetes salades i sopa de tomàquet. Es tracta de sucar les galetetes en qüestió a la sopa i mentre ho assaboreixes dius: «Mmm... pizza...».

Sí, és clar. La pizza del campament és a la pizza el mateix que llepar una vaca, a una hamburguesa.

Però ni tan sols m'importava. L'únic que volia era ficar-me dins del sac de dormir, recolzar el cap en la samarreta feta una bola que feia servir de coixí i clapar durant les vuitanta-dues hores següents. Em sembla que la Thea ja s'havia adormit a mitja sopa. I en Burp semblava que no hagués dormit des que havia nascut.

—Crec que estic a punt de desmaiar-me —va dir en D.J.—. Tant me fa el menjar.

—Ja en som dos —va dir la Carmen, perquè suposo que n'estava fins al capdamunt de tot plegat.

—Els rems a punt a les set del matí, gent —va dir la Pittman—. Això vol dir que a dos quarts ja heu de portar posats els vestits de neoprè i a les sis heu d'haver esmorzat. —Cosa que realment volia dir que ens havíem de llevar a les cinc.

Però, mentrestant, l'únic que havia de fer era dormir. No havia de construir res, carregar res, aprendre res, ni tan sols escoltar ningú fins que sortís el sol. Total que per dur i bonyegut que fos el terra que tenia a sota el sac de dormir, després d'aquell dia infernal, em semblava que era a l'Hotel MegaLuxe.

I vaig pensar: «Aaaah! El millor del dia!».

Llavors vaig passar a mode «zzzzzzz...», perquè em vaig adormir com un soc.

Fins que va arribar la tempesta més esfereïdora que he vist mai.

CAPÍTOL 34

LA TEMPESTA DEL SEGLE

Vejam, imagina't a casa, al llit. A fora plou amb ganes. Sents la pluja repicant contra el sostre i les finestres. Però t'importa un rave. Estàs tan ben embolicat com un *burrito*, calentó i sec entre les mantes.

Molt bé, doncs ara treu la part en què estàs tan còmode. I treu també això de calentó i sec. I ja que hi ets, fes uns forats al sostre i trenca els vidres de les finestres. De fet, treu-ho tot menys la pluja, el vent, els llamps i els trons.

I ara hi fums una lona tan extremament superprima que fa que el gratinat de la lasanya sembli acer reforçat i et podràs fer una idea del que era ser a la nostra tenda aquell vespre.

Estàvem tots enxubats a les cantonades intentant evitar les gotetes que anaven caient... pim pim pim... Però aquelles gotetes ben aviat es van convertir en gotasses i aquestes, en cascades, de manera que la majoria dels nostres sacs i motxilles van acabar ben xops.

Vaig intentar tapar-me cap i tot amb el sac, però la cosa no va millorar gaire, perquè era impossible dormir amb tots aquells llamps i trons.

Cada vegada que ens il·luminava un llampec, sentia l'Arnie comptant a l'altra punta de la tenda. Era una cosa així...

LLAMPEC!

—Un Mississippi, dos Mississippis, tres Mississippis, quatre Mississippis, cinc Mississippis, sis Mississippis...

I...

BROOOOM!

—Què fas? —li vaig preguntar.

—Compto els quilòmetres —em va respondre—. Cada segon és un quilòmetre i mig. Això és la distància fins al llamp.

—Llavors encara és com a uns nou quilòmetres? —va preguntar en Diego.

—Una cosa així —va replicar l'Arnie.

—Una vegada al meu pare el va tocar un llamp —ens va explicar en Burp—. Va ser en una nit com aquesta...

—Calla, Burp! —va saltar en D.J. Suposo que la reputació d'en Burp ja havia corregut pel campament. Però no tenia cap problema amb en Burp aquella nit. El problema era tota la resta.

I llavors...

LLAMPEC!

Aquesta vegada vam comptar tots.

—Un Mississippi, dos Mississippis, tres Mississippis, quatre Miss...

BROOOOM!

—Sis quilòmetres —va dir en Diego.

—Que fort —va dir en D.J.—. Això no mola.

Vaig sentir algú plorant a la tenda de les noies, però no podia distingir de qui es tractava. Em sembla que la sergent Pittman era per allà també, mirant de calmar el personal. Però no vaig poder confirmar-ho perquè la següent vegada la cosa va anar així...

LLAMPEC! **BROOOOM!**

I llavors, dos Mississippis i mig més tard, ja en vam tenir prou. Tots vam abandonar el nostre lamentable i inundat aixopluc i vam sortir disparats cap a la tenda confortable i seca que s'havia muntat en Fish.

—Però què redimonis hi feu, aquí? —ens va escridassar el sergent Fish—. Si només són quatre gotes!

—Sí, i el Gran Canyó és un foradet de res a terra —va dir en D.J.—. Em sembla que he vist el paio aquell, en Noè, passar per aquí amb l'arca.

—Això d'aquí fora és molt fort! —vaig exclamar.

—I estem espantats! —va afegir en Diego.

—Ah, esteu espantats? —ens va dir en Fish—. D'acord, però per què no m'ho heu dit? Potser hauríem

d'enfilar tots plegats cap al McDonald's més proper per cruspir-nos unes hamburgueses fins que passi la cosa.

—De debò que podem fer-ho? —va saltar en Burp, un pèl massa emocionat.

—NOOO! ÉS CLAR QUE NO! AU, VA, SORTIU D'AQUÍ, ASSEGUREU LA VOSTRA TENDA I ENTAFOREU-VOS-HI!!!

—Però és que la nostra tenda és un nyap! —va protestar l'Arnie.

—En prenc nota —va dir en Fish—. Suposo que això vol dir que l'haureu de fixar millor aquesta vegada.

—Però... —vaig dir.

—Au, va, toqueu el dos! FORA, ESCARABATS!

—Però... —va dir en D.J.

—**FORA, FORA, FORAAAAAA!!!!**

No em pensava que hi pogués haver res més esfereïdor que aquella tempesta, però m'havia equivocat. Finalment vam sortir de la tenda d'en Fish com ratolins espantats i vam començar a buscar llanternes, corda i el que ens hagués quedat de la tenda.

En set paraules: LA PITJOR NIT DE LA MEVA VIDA. Almenys fins a la nit següent.

El Pringat
i en LEO
a:
MAL
TEMPS
Ei, et canvies per mi?
D'acord, però...
Ufff...

Prova amb això!
Gràcies! I si piquem alguna cosa?

PUÀ!!!
Ecs! Té gust de tinta!
Sí... Vaja, em sap greu...

Bé, si més no les coses no poden empitjorar.
Mmm...
Bé, ARA sí que ja no poden empitjo-rar més.
BROOOOM
No... diguis... res.
No, si mai ho faig. Bé, gairebé mai.

CAPÍTOL 35

EN RAFE EN UN RAI

Al matí, el riu semblava tres vegades més cabalós i cinc vegades més terrorífic que el dia abans.

El primer que havíem de fer després del que ens van colar com a esmorzar (cereals de civada remollits) era posar-nos els vestits de neoprè, que ja estaven ben xops per la tempesta.

Te n'has posat mai cap? És com mirar d'entaforar-te en un tub de pasta de dents. I quan finalment ho aconsegueixes, has d'intentar que no t'agafi un atac de pànic perquè la sensació és que en la vida podràs sortir-ne.

I això normalment passa més o menys quan t'adones que abans hauries d'haver anat al lavabo.

Bé, quan vam baixar fins a la riba, la Pittman i en Fish estaven lligant els dos rais de quatre per fer-ne un de més gran i ens ficaven les coses en dos caiacs d'aquells.

ABANS
Mmm... Això és de la meva talla???
Tan petit que no t'hi cabria ni l'ADN!
Sip!
DURANT
Estàs SEGUR que és de la talla correcta?
Sip!
DESPRÉS
EM SEMBLA QUE ESTIC A PUNT DE DESMAIAR-ME!
Sip!

—Canvi de plans, gent —ens va dir en Fish—. El riu va un pèl alt aquest matí, de manera que enfilareu riu avall en un sol equip per assegurar-nos que tothom fa pinya.

—Per què? Ara és més perillós, el riu? —va preguntar en Burp.

En Fish i la Pittman es van mirar entre ells i llavors la Pittman va mirar en Burp.

—No, no hi ha cap problema —va dir la dona, però aleshores va fer una pausa prou llarga perquè tothom es pogués imaginar la veritable resposta—. Au, vinga, equipeu-vos i som-hi!

Cap de nosaltres va parlar gaire mentre ens posàvem les armilles salvavides i els cascs. Llavors vam arreplegar els rems i vam pujar al rai aquell més gran.

—Recordeu tot el que us vam dir! —ens va suggerir la Pittman—. Jo seré davant vostre en un caiac, i el sergent Fish vindrà darrere.

—Allà al riu, us donarem instruccions i vosaltres ens heu de fer cas —va afegir en Fish—. Si us donem una ordre, la compliu sense fer preguntes. D'aquesta manera...

—En sortirem vius? —va saltar la Carmen.

—L'expedició serà un èxit —va rematar en Fish—. I ara anem per feina! Au, va, vinga, moveu el cul! A l'aigua!

La Pittman ja hi era, remant en el seu caiac, mentre

en Fish ens instava a ficar-nos-hi des de la riba. I no sé ben bé què s'esperava, l'home, però tinc bastant clar que els següents deu segons no van anar segons el previst.

Tan bon punt va deixar anar el rai, vam sortir disparats i de seguida vam deixar enrere la Pittman, que dominava molt més el seu caiac que no pas nosaltres, una colla de passerells, aquell enorme rai. En un tres i no res baixàvem l'imponent Arkansas a tota màquina, com si fóssim en una pel·li.

I si allò fos una pel·li de debò, s'hauria dit...

CAPÍTOL 36

BAIXANT PER LA GORJA DE L'INFERN

No te'n puc dir gaires coses, d'aquells primers deu segons. L'únic que recordo són els xiscles.

—Eh, això no rutllaaaa! —va cridar la Thea.

—No FOTIS! —va replicar la Carmen.

—On són la Pittman i en Fish? —va preguntar en Diego.

Vaig mirar enrere i ja els devíem tenir a un quilòmetre i mig.

—REDUÏU LA MARXA! —ens va cridar en Fish.

—Mooolt graciósóóóós! —va replicar la Thea.

—Com???!!! —vam saltar la resta a l'uníson.

Ben aviat, l'aigua va començar a baixar més de pressa i cada vegada es veia més i més blanca. Estàvem immersos en els ràpids fins a les celles i continuàvem tenint en Fish i la Pittman a la quinta forca. Ja podien remar de pressa; eren incapaços d'escurçar la distància que ens separava.

Els ràpids eren com una muntanya russa bestial. Ens enfilàvem en una ona i... patapam!, baixàvem a l'altra banda. Pujàvem la següent i... txooof!, a baix novament. Aquell rai se sacsejava com un poltre salvatge i si volíem salvar la pell ens hi havíem d'aferrar tant sí com no. Vaja, que remar era impensable. Prou feina teníem a aguantar-nos.

Vam anar amunt... i avall. I d'un costat a l'altre. I vam fer voltes. I novament amunt... i avall.

No sé ben bé quant va durar la cosa però, si vols que t'ho digui, en un moment donat vaig començar a passar-m'ho... mig bé. Per descomptat, estàvem xops i glaçats, i sí que cridàvem com histèrics fora de control, però, alhora, ens vam adonar d'una cosa: estàvem baixant per aquells ràpids!

Era increïble!

I adrenalínic!

Però llavors...

De sobte, mirant endavant, vaig veure allò que en Fish i la Pittman anomenaven la Gorja de l'Infern. I realment era esfereïdor.

Quan vam arribar al següent revolt del riu, vam topar amb una mena de MUR d'escuma blanca. I just després, n'hi havia un altre... i un altre... Semblava que tot el riu s'hagués posat dret.

—No em mola gens... la pinta... que fa... això! —va dir l'Arnie.

—A mi tampoc —m'hi vaig afegir.

—Què fem? Què fem?! —va exclamar la Carmen.

—Què PODEM fer? —la va rectificar la Thea.

—AGAFEU-VOS FORT! —vaig dir.

—Ei! —va saltar en Burp—. Això em recorda una vegada que...

—CALLA, BURP! —va cridar tothom just abans d'impactar amb el primer mur.

De sobte, ja no tenia el rai sota els peus. Més aviat era davant meu. La cosa es va posar dreta i vam lliscar com ous ferrats a la planxa del Swifty's.

Vaig mirar de recordar el que la Pittman i en Fish havien dit que féssim si quèiem a l'aigua. Peus endavant —almenys vaig recordar això—, perquè l'armilla salvavides evitaria que m'enfonsés. Tot i que els meus pensaments anaven més en la línia «glu-glu-bla-bla-glu-SOCORS!-bla-bla-glu-glu...».

Ja no era al rai. Ara jo era el rai. Igual que la resta, vaja. Vaig mirar al voltant i vaig veure una colla de cascs i armilles salvavides, però no tenia ni idea de qui era qui. Era com una mena de poti-poti de sopa d'escarabats, baixant disparats cap al tram més tranquil del riu.

El bo de la velocitat vertiginosa de la Gorja de l'Infern és que no t'hi estàs gaire estona. De manera que ben aviat vam aparèixer com vam poder a la riba i vam comptar els caps. Havíem acabat tots xops, amb morats de dalt a baix i una mica fets pols, però havíem baixat pels ràpids. I si la Pittman i en Fish ens ho haguessin permès, em sembla que alguns de nosaltres ens hi hauríem tornat a apuntar. Jo mateix inclòs.

Els sergents van arribar en un tres i no res, si més no. La Pittman feia pinta d'espantada; en Fish només d'emprenyat. Potser amb el riu. Potser amb ell mateix per no haver-nos pogut atrapar. O potser amb nosaltres per no ser superherois.

—Tothom està bé? —ens va preguntar la Pittman.

—Sí —va respondre l'Arnie.

Estranyament, no sé si a algú més li passava, jo tenia la sensació que estàvem més que bé. Havíem sobreviscut! I això no era tot.

Tenia les mans morades i tremolava com una fulla, però més que res en el món em preguntava quantes xapes ens donarien per això.

Efectivament, a mi l'únic que m'importava era el joc. Encara.

I llavors va ser quan vaig tenir clar que si hi participava era per guanyar-lo.

CAPÍTOL 37

RECOLLINT DEIXALLES

Després d'allò, la Pittman va lligar el caiac d'en Fish darrere el seu i en Fish va carregar el rai amb nosaltres.

Si vols que et digui la veritat, en Fish va ser increïble al riu. Va aconseguir que reméssim a l'uníson i vam baixar per aquells ràpids com si res. Va ser una autèntica PASSADA! I la veritat és que no vaig témer per la meva vida ni un moment.

Però tan bon punt vam arribar al moll, el paio tornava a ser el de sempre.

—Molt bé, escarabats, a veure si per una vegada a la vida deixeu de ser uns inútils i sou capaços de servir per a alguna cosa. Cadascú que agafi una bossa d'escombraries —va dir. I va començar a treure bosses d'aquella mena de cabana on havíem tornat els rems i les armilles salvavides.

Tocant al moll, hi havia un aparcament, una àrea de pícnic i uns lavabos; tot plegat amb cubells d'escombraries plens a vessar, i no és una manera de parlar. Hauria dit que tothom que corria per allà tenia la pitjor punteria del món. I ara ens tocava a nosaltres «deixar-ho tot millor que no ens ho havíem trobat», com havia deixat clar el capità Crowder, feia segles, semblava

—Vull veure bosses plenes, nois —va dir la Pittman—. Una bossa plena és una nova xapa! Vinga, prohibit fer el ronso!

Total, que em vaig posar en marxa immediatament. El tercer dia s'estava acabant i només tenia nou xapes, malgrat que n'havia aconseguit una d'extra per ajudar a la cuina. Tenia raó quan vaig pensar que l'excursió al riu també en valdria alguna més, però tot i això m'hauria de posar les piles per omplir un parell de bosses d'escombraries abans que es pongués el sol.

Efectivament, un parell. I no t'has oblidat de la Carmen, oi?

Com sempre, es va passar l'estona fent el gos, mentre jo m'ho carregava tot. I gairebé em fa vergonya admetre que ja ni m'ho plantejava.

Però llavors em vaig començar a adonar que la noia estava supercallada, cosa estranya tractant-se d'ella. Ni tan sols s'apropava a ningú i l'única vegada que va piular va ser quan un paio de l'àrea del pícnic es va riure del seu tatuatge. Aleshores va dir de tot, però la cosa és que no se'm permet repetir aquesta mena de vocabulari en aquest llibre.

Però era evident que alguna n'hi passava. De fet, feia hores que no em tocava el voraviu, exactament des que havíem bolcat amb el rai, i vaig començar a pensar que potser l'imponent Arkansas l'havia espantat més del que voldria reconèixer.

—Estàs bé? —li vaig preguntar tan bon punt m'havia assegurat que no ens sentia ningú.

—Ho estaré ben aviat —em va contestar.

—Què vols dir amb això?

—Vull dir que fumo el camp —em va anunciar—. Abandono aquest maleït programa.

—Què?! —vaig saltar. Això no era el que m'esperava. En absolut.

—Ja m'has sentit —em va dir—. Que els bombin, la Pittman i en Fish!

—Però ara no pots abandonar —vaig dir-li.

UN MOMENT, TEMPS MORT!

Au, maca, bon vent i barca nova!
Ha estat bé coneixe't.
ADÉU, CARMEN!
¡UHU!
GRÀCIES PER ABANDONAR!
No saps les ganes que tenia que diguessis això.
La civilització és cap allà.
Dos dies, vuit hores, quaranta-dos minuts... Bé, no és que ho anés comptant ni res...
Però ara no pots abandonar...

Ja sé què estàs pensant. Que la Carmen toqués el dos hauria sigut com Nadal, Acció de Gràcies i el meu aniversari tot alhora.

Per què dimonis vaig dir una estupidesa com aquella?

Podria haver dit cinquanta mil coses en lloc d'allò. Definitivament, les hauria d'haver dit.

La cosa és que no crec que l'expedició del ràfting fos l'únic que va espantar la Carmen.

De fet, estava bastant segur que acabava d'esbrinar qui era la que plorava a la tenda de les noies la nit de la tempesta. No ho sé... Si a mi m'espanten les altures, potser la Carmen tenia alguna cosa amb l'aigua. O potser el Programa simplement l'estava superant.

I ara em feia com una mica de pena.

—Ei, però almenys acaba el dia —vaig suggerir-li—. Aconsegueixes la desena xapa i ja veurem què passa demà.

—NO EM DIGUIS EL QUE HE DE FER! —em va escridassar.

—No és això —li vaig dir, perquè tornava a veure la Carmen de sempre i, en principi, la meva intenció era conservar la cara intacta—. Només et vull preguntar una cosa: què et passarà si no acabes el Programa?

Per un instant, la Carmen es va quedar callada.

No sé què devia estar pensant, però allò era bastant normal en ella.

Llavors, finalment més o menys va assentir amb el cap.

—Molt bé, d'acord —va dir—. Li donaré una altra oportunitat. Però si me'n penedeixo, abandonaré i llavors et pelaré.

—Ufff... —vaig fer just abans que m'arrabassés la bossa plena d'escombraries, m'endossés la seva bossa buida i enfilés cap on hi havia la Pittman repartint xapes.

Ni tan sols vaig poder dir-li «de res». Però vaja, suposo que havíem tornat a la normalitat. Per a bé o per a mal.

I parlant de mal, llavors va ser quan vaig veure el sergent Fish mirant-nos des de l'altra punta de l'aparcament. El paio ho havia vist tot, i es va limitar a brandar el cap i tocar el dos.

Si realment ens havia sentit, es devia haver adonat que jo era un jugador d'equip.

Potser fins i tot em donaria alguna xapa extra.

Però no.

Tractant-se d'en Fish, segur que em carregaria el mort a mi.

En fi, que potser no tenia raó o potser sí que en tenia.

Però no podia perdre el temps donant-hi voltes. El

sol baixava molt de pressa i havia de pensar només en una cosa.

Bé, en un parell, suposo.

Estratègia.

I deixalles.

CAPÍTOL 38

BONES NOTÍCIES, MALES NOTÍCIES I NOTÍCIES ESPANTOSES

Les bones notícies eren que havia aconseguit aquella desena xapa abans que es pongués el sol.

Hi havia un munt de deixalles i quan vaig haver omplert la segona bossa, els altres ja tenien les seves plenes.

Tan bon punt li vaig passar la bossa a en Fish, un pèl més lleugera que les altres, em va clavar aquella mirada novament i va brandar el cap.

Però tant me feia. Ja tenia la meva desena xapa a la mà! I això volia dir que continuava al programa!

Igual que la Carmen, en Burp, en Diego, la Thea, la Verònica i en D.J.

Au, mira al meu informe actualitzat:

EL PROGRAMA
0 1 - 2 3 4 5 6 7
DIES QUE EM QUEDEN
LLIBERTAT!!!!
Necessito DEU xapes
FET!
Necessito VINT xapes
Vaig cavar latrines
Vaig portar els rais fins al riu
Vaig construir els rais
Vam fer foc
La Torre del Terror
XAPES
Vaig aprovar l'examen
Vaig cuinar gasòfia (el sopar)
Vaig fer ràfting a l'imponent Arkansas
Vaig sobreviure a l'imponent Arkansas
Vaig recollir deixalles
Xapes! PRECIOSES XAPES!
XAPES!
XAPES!
QUILÒMETRES COBERTS:
Encara no hi som?
Digui-m'ho sense embuts, doctor. Quant temps em queda?

OBSTACLES -5
?
?
?
?
DELS PIRATS
ZONA DE PERILL
Com n'estan, de PIRATS, aquesta gent?
9½
Cas especial. Vegeu el capítol següent.
PIRADÍSSIM! Se surt de la gràfica!
Ei, no vaig dir mai que fos normal.
No està superpirat, però té rampells.
Fa de mal dir. Depèn del que sigui cert.
De fet, normal.
Perquè aquí tothom està un pèl pirat.

Però ja deus haver vist la noteta tocant a l'Arnie. Això eren les males notícies.

No sé com la va cagar, el xaval. L'únic que sé és que abans que marxéssim de l'aparcament, la sergent Pittman va treure un walkie-talkie per parlar amb el campament base (suposo que ningú no li havia comentat allò de la PROHIBICIÓ PEL QUE FA ALS APARELLS ELECTRÒNICS). Llavors, una mica més tard, el capità Crowder va venir a buscar l'Arnie amb el jeep més tronat del món per enviar-lo cap a casa.

A veure, no és que el paio em caigués superbé. En fi, segur que era bon nano, però no havíem tingut l'oportunitat de xerrar gaire. Tot i això, em sabia greu per ell. I em sembla que a tothom li passava el mateix.

—No hi ha dret! —va protestar la Thea—. Ens hi hem esforçat tots molt!

—Bé, alguns més que altres —va apuntar la Pittman—. L'Arnie només ha aconseguit vuit xapes.

—I qui pensi que fèiem broma pel que fa a la norma de «deu, vint i al carrer», comet un greu error —va sentenciar en Fish.

Allò era evident, perquè així com qui no vol la cosa, l'Arnie era F-O-R-A.

I com que allà res no s'aturava, havíem de fer foc, muntar les tendes, preparar alguna gasòfia i començar a pensar en les properes deu xapes.

Cosa que em porta de les males notícies... a les notícies espantoses.

—Què farem demà? —va preguntar en Burp més tard, tots asseguts al voltant del foc—. Quin es el proper obstacle?

La Pittman va assenyalar cap amunt.

—Aquell —va dir.

Era ben fosc, però quan em vaig tombar, vaig veure els penya-segats a la llum de la lluna per damunt de les copes dels arbres que ens envoltaven.

—Saludeu la Senda del Diable —ens va dir en Fish.

—Hem d'escalar allò?! —va preguntar en D.J.

—Per descomptat —va replicar la Pittman.

—Guai! —va exclamar en D.J.

Jo potser ho hauria trobat guai... ara fa una setmana. Ja saps, abans de l'episodi de l'atac de pànic i el daltabaix estrepitós pujant la torreta dels nassos.

I aquells penya-segats feien que la torre semblés un tamboret. De cop, la idea d'escalar res, i encara menys una cosa anomenada la Senda del Diable, em feia venir ganes de vomitar el meu pobre sopar.

Amb tot, sabia que havia d'intentar-ho. Si no ho feia, em facturarien amb l'Arnie cap al campament base. La mare tindria el disgust del segle. La senyora Stricker i la senyora Stonecase començarien a ratllar-me fins a límits insospitats en la línia «ja t'ho vam dir...». I la meva germaneta acabaria la secundària abans que jo. Ah, i els tres darrers dies de tortura sense fi no haurien servit de res.

Bé, encara menys que de res. De fet, estaria molt pitjor que abans de començar.

—Molt bé, hora d'anar a dormir —ens va dir en Fish—. Us vull ben descansats i forts per a l'escalada.

«Sí», vaig pensar. «La mare del Tano, això sí que és fort».

I em vaig adonar que, probablement, em seria molt difícil poder aclucar els ulls.

CAPÍTOL 39

SOMNIS (DES)AGRADABLES

Salutacions des de tres mil metres!

Tot el món s'ha connectat per veure'm pujar. Hi ha satèl·lits i càmeres pertot arreu i la gernació que espera a baix arriba fins a Utah. Tinc uns vuit bilions d'ulls clavats a l'esquena mentre grimpo per aquesta paret vertical del penya-segat com un autèntic crac.

No sé per què tenia tanta por. De la manera que mans i peus se m'arrapen a la roca, crec que fins i tot dec ser l'enveja de l'Spiderman.

—Molt bé, Khatchadorian! —sento que crida algú entre la gentada. Hi ha el sergent Fish per allà a baix? I estic segur que la Jeanne Salletta deu estar asseguda davant de la tele a casa seva pensant «passo d'en Jared».

M'aturo un momentet, tot just per prendre'm una barreta energètica que m'ha fet arribar el falcó que han entrenat per a això, ja que ningú tenia nassos de pujar tan amunt. Durant uns segons m'aguanto amb els dits dels peus mentre em cruspeixo la barreta perquè em doni energia (no és que me'n faci falta, però). Llavors em torno a concentrar en els trenta metres finals.

Aquest tram és el més complicat. M'ho he de muntar per pujar per una mena de roca que sobresurt abans de trepitjar el cim i gaudir de les vistes. Però, ei, cap problema. M'agafo amb les mans a la roca i balancejo les cames i executo un salt mortal perfecte...

—OOOOOOH! —crida la multitud des de baix. I de seguida:— UUUFFF! —quan m'aferro amb els dits al caire del cim d'aquesta muntanya. L'únic que he de fer ara és flexionar els supervoluminosos bíceps i empenyc'm cap amunt fins a terreny pla. Però aleshores...

—Vaja, vaja... —diu algú—. Mira qui tenim per aquí...

—Això ha estat impressionant —afegeix una altra veu—. Llàstima que no serveixi per a res.

Aleshores miro cap amunt, encara penjant dels dits, i em trobo cara a cara amb les germanes Petaluma, és a dir, l'Ida Stricker i la Charlotte P. Stonecase.

—Ajudin-me a pujar —els crido.

—No tan de pressa —diu la senyora Stricker—. Has acabat els exercicis de matemàtiques?

—Quins exercicis de matemàtiques? —replico.

—I el treball del llibre? —afegeix la senyora Stonecase.

—Quin treball? —pregunto—. Quin llibre?

—No ha fet els deures —observa la senyora Stonecase somrient com un goblin.

—Mai els fa —diu la senyora Stricker, i totes dues esclaten a riure tan fort que les seves rialles ressonen per totes les Muntanyes Rocalloses.

Llavors s'agenollen i comencen a arrencar-me els dits del caire del penya-segat, l'un darrere l'altre.

—Aquest és el pare —diu la senyora Stricker.

—Pari! —crido.

—Aquesta és la mare —continua la senyora Stonecase.

—Estic a punt de caure! —els dic desesperadament.

—Aquest fa les sopes...

—Prou, sisplau! —suplico.

—...i aquest se les menja totes!

—SOCORS! —crido. En aquests moments penjo d'un índex, un dit petit i els polzes. Però no per gaire estona.

—I aquest diu: «Piu, piu, piu, piu, que no n'hi ha pel caganiu?».

L'índex! El petit! Un polze! L'altre polze! D'un en un em van arrencant els dits amb què m'havia aferrat tan magistralment.

—AAAAAAAAAAAAAAAARG!!!

Llavors vaig caient... caient... caient... i l'última cosa que sento abans d'impactar contra el terra és la veu de la senyora Stricker.

—Ah, i una cosa més... —em crida la dona...

CAPÍTOL 40

ARA NO MIRIS

—BON DIA, ESCARABATS!

—Eh? —vaig fer.

Em vaig despertar amb el tronat i pudent sac de dormir tot entortolligat. Allò era com despertar-se a dins d'una bola de cotó xopa de suor.

—Quina hora és? —vaig preguntar mirant de desentortolligar-me el sac.

—L'hora d'enfrontar-nos a un altre repte —va dir en Fish—. Au, som-hi. Va, va, vinga, vinga, vingaaaaa!

Ostres... Havia d'empescar-me la manera de deixar de somiar, o bé simplement deixar de dormir. No podria suportar gaires més malsons com aquell.

A part del que tot just començava en aquells instants.

A penes recordo el que va passar després. Suposo que vam esmorzar i vam caminar fins a la base de la

Senda del Diable, on ens vam plantar els arnesos i ens van donar unes nocions d'escalada. El que tinc clar és que em va semblar que no havien passat ni cinc minuts quan la Pittman va dir:

—Molt bé, qui comença?

I ja tenia la grapa de la Carmen a l'espatlla.

—Nosaltres —va dir.

Era un altre repte de companyonia. Estàvem a punt de fer una cosa que es diu escalada en politja, per a la qual posen cordes a dalt del penya-segat; un parell, una a cada banda. El sergent Fish i la sergent Pittman eren els «asseguradors», que volia dir que aguantaven la corda i controlaven que tot anés bé. També hi havia una cosa a la corda que podien fer servir com de frens, cada vegada que relliscaves. De manera que, suposadament, no corríem cap mena de risc.

Bé, vull dir a menys que es trenqués la corda d'escalada.

O l'arnès.

O alguna d'aquelles coses anomenades mosquetons.

O que es desprengués un tros de roca i et caigués al cap.

O que el teu assegurador deixés de parar atenció, encara que fos un segon, perquè el distragués un dels altres set xavals que havien de controlar.

Però, ei, a banda d'això, la cosa era ben segura.

—Molt bé, som-hi, nois —va dir la Pittman, que era

l'asseguradora de la Carmen, mentre que en Fish m'assegurava a mi—. Busqueu un lloc on agafar-vos, us empenyeu amunt i comenceu a escalar.

Aquesta part no era el problema. Vull dir que jo sé grimpar. Per a mi, la cosa no era pujar per aquell penya-segat. Era ser-ne a dalt.

De manera que a un centímetre del terra ja vaig començar a repetir-me les mateixes tres paraules una vegada i una altra.

«No. Miris. Avall».

Era la meva estratègia per a aquest obstacle. Perquè va ser així com la vaig cagar a la maleïda torre. Tan bon punt vaig mirar avall, vaig començar a perdre el món de vista i em vaig sentir com si estigués a punt d'explotar en cinquanta mil peces.

O sigui que ara em controlaria em costés el que em costés. Si no mirava avall, no sabria a quina altura estava. I si no ho sabia, era impossible tenir por de les altures, correcte? Bé, almenys aquesta era la idea.

Em va ajudar molt. Fins que va deixar de fer-ho.

Llavors, en un tres i no res, tot se'n va anar en orris.

CAPÍTOL 41

FIASCO, SEGONA PART

Bé, doncs allà era jo, escalant sense mirar avall, escalant sense mirar avall, escalant sense mirar avall... I semblava que tot anava de conya quan...

—KHATCHADORIAN, QUÈ DIMONIS FAS?! —em va cridar el sergent Fish—. T'estàs ficant a la via de la teva companya! —em va dir—. Compte amb la Carmen!

Quan vaig mirar cap allà (no cap avall), la tenia als nassos intentant agafar-se a la mateixa roca que jo.

Ups, havia estat tan concentrat a mirar AMUNT, que m'havia oblidat de tota la resta.

—Aparta't! —em va etzibar la Carmen.

—No, aparta't tu —vaig contraatacar.

—Eh, ets tu qui te m'has creuat al camí —em va recriminar.

Les cordes se'ns van començar a entortolligar i vaig

sentir que algú reia mentre en Fish continuava cridant.

—VINGA! VINGA! NO US QUEDEU AQUÍ COM DOS ESTAQUIROTS! MANTINGUEU LES VIES LLIURES! CONCENTREU-VOS EN LA PARET! LOCALITZEU LA SEGÜENT PRESA! QUÈ DIMONIS FAS, KHATCHADORIAN?!

Cada vegada em costava més concentrar-me. De fet, amb prou feines podia pensar i aleshores va ser quan vaig engegar en orris tota l'estratègia aquella de no mirar avall.

I només va caldre una miradeta de res. Tan bon punt vaig veure tothom allà a baix de tot, em va agafar un atac de pànic.

Tot va anar com la darrera vegada. Primer vaig mig perdre de vista tot el que tenia al voltant.

El cap em va començar a rodar.

I el cor se'm va posar a cent per hora.

Em notava que la cara em bullia.

I les orelles em xiulaven una passada.

—Ei, Rafe! —em va dir algú.

Era la Carmen. Continuava allà esperant que m'apartés del seu camí. I jo me n'havia oblidat per complet.

—Eh? —vaig fer.

—Saps què fa el meu germà quan vol que mogui el cul? —em va preguntar.

—Mmm... ara mateix... no em ve... gaire de gust... jugar... a les endevinalles! —vaig dir-li.

—Molt bé —va replicar. Llavors, com qui no vol la cosa, em va clavar una pessigada fortíssima al costat; semblava que fes servir unes alicates.

—AAAU! —vaig protestar—. Però què redimonis...?

—Aparta't —em va dir.

—No puc! —vaig replicar. De fet, volia fer-ho, però no podia.

Tenia la impressió que acabaria la secundària allà a dalt, perquè no pensava anar enlloc. Potser no m'hi mouria en tota la vida.

—No siguis cagat —em va dir, i llavors em va tornar a pessigar, just al mateix lloc, però encara més fort.

—EH, PARA! —li vaig cridar.

—Això depèn de tu —em va dir. I hi va tornar.

Aquesta vegada, vaig notar la pessigada com si una piranya m'arrenqués un bocí de carn.

I m'estava començant a emprenyar!

Que suposo que era el propòsit de la Carmen. Total,

que vaig començar a grimpar només per fugir-ne. I la veritat és que no sé ben bé com, però em vaig moure. Tornava a escalar directe cap amunt sense parar i, per descomptat, SENSE mirar avall aquesta vegada. Havia après la lliçó i, d'altra banda, no creia que el meu costat pogués aguantar cap més pessigada.

La Carmen estava pirada, això era evident. També era perillosa. I cruel. Diria que el noranta-nou per cent del temps, la Carmen era tremenda.

Però saps què? Em sembla que m'acabava de topar amb el seu altre u per cent.

I aquella part era superperillosa i perversa, però també genial.

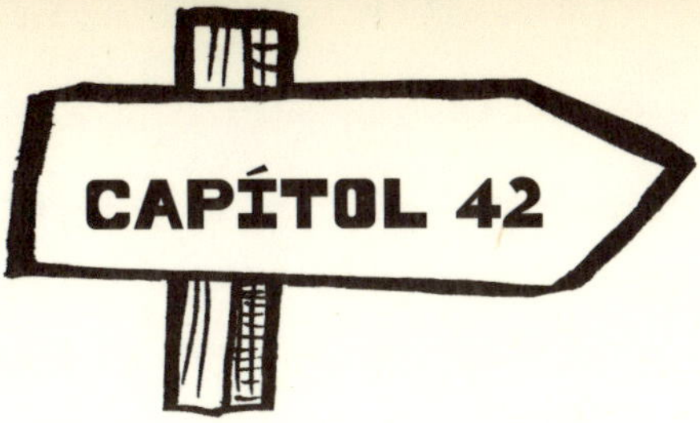

GRÀCIES, SUPOSO

No et diré que vaig vibrar amb la resta de l'ascens, però almenys vaig fer el cim.

Baixar ja va ser una altra història. Se suposava que havíem de fer ràpel, cosa que mola molt quan ho veus fer a un altre. Però en el meu cas, se'm devia veure més aviat com si el sergent Fish baixés una bossa de pèsols congelats de cinquanta quilos fins al terra.

En D.J. encara reia quan vaig arribar a baix. En Burp i la Thea em van preguntar si estava bé, però a la resta, inclosa la Pittman, semblava que més aviat els feia pena. I en Fish no va badar boca.

Jo només tenia ganes de trobar un forat, entaforar-m'hi i no sortir-ne mai més. Però primer vaig anar a parlar amb la Carmen, que estava asseguda en un tronc bevent aigua.

—Ei, Carmen.

—Què —va replicar.

—Mmm... gràcies —li vaig dir—. M'has salvat el cul allà dalt.

—De res —em va dir—. M'ho pots pagar recollint-me l'equipament.

I aquí va ser quan la cosa es va posar rara.

—Doncs em sembla que serà que no —li vaig plantar—. Te'l pots recollir tu, aquesta vegada.

Has dit mai alguna cosa abans de ni tan sols adonar-te que t'està a punt de sortir de la gola? És que a mi em passa tot sovint. Però aquesta vegada va ser diferent.

La Carmen es va quedar tan parada com jo. I quan es va aixecar, vaig tenir la sensació aquella de quan se't posa la pell de gallina. Però no precisament d'emoció. Més aviat de cangueli, vaja.

Però tot i que la Senda del Diable m'havia engolit i vomitat, sentia que, després d'allò, podia enfrontar-me a qualsevol cosa.

Sí, qualsevol cosa. Fins i tot a la Carmen.

—No m'acabes de dir que t'he salvat el cul allà dalt? —em va dir la Carmen apropant-se'm.

—Sí, però si no fos per mi, ni tan sols series aquí; o sigui que diria que estem empatats.

Em sembla que li vaig sentir cruixir els artells. I, sens dubte, vaig veure com movia els ulls per controlar on eren la Pittman i en Fish.

Però llavors va fer mitja volta. Sense dir res. Va tocar el dos i va començar a parlar amb la Verònica. I més tard, quan tocava marxar, fins i tot havia recollit les coses.

Però si pensaves que això s'havia acabat, et diré que ni de conya.

Esperava que la Carmen m'empenyés penya-segat avall o m'escanyés mentre dormia? Potser una mica. Vaja, la veia molt capaç de fer-ho.

Però almenys havia sobreviscut un altre dia. I de vegades quan et sents penjat enmig del no-res, això és el màxim a què pots aspirar.

CAPÍTOL 43

LA MARATÓ

Els dos dies posteriors a aquella tremenda, patètica i lamentable escalada a la Senda del Diable van anar més o menys bé, diguem. I també van passar molt de pressa.

En aquells moments, pràcticament gestionàvem nosaltres, tots sols, el campament; ens llevàvem, fèiem foc, cuinàvem, muntàvem les tendes i tota la pesca. En D.J. i jo fins i tot vam aconseguir una xapa extra per muntar la tenda a la Pittman i a en Fish. I tot plegat anava com una seda.

Encara em sentia fatal per l'expulsió de l'Arnie, però saps què? Gràcies a ell, crec que tots rutllàvem molt més. Era evident que aquesta vegada ningú no volia que el facturessin cap a casa.

ALTITUD: 2.750 m (I ELS QUE QUEDEN!!!)
PROHIBIT EL PAS A TOT ÉSSER VIU! LA RESTA PROCEDIU AMB PRUDÈNCIA
Buuufff!
RIP Ja hem arribat?
RIP No ho va aconseguir.
Ufff! Bufff! Ufff! Ufff! Ufff!
buuufff
RIP La propera vegada agafaré l'ascensor.
Ei, algú ha augmentat la gravetat aquí?!
L'aire...
cada vegada...
és... menys dens...
Doncs trobo a faltar aquesta densitat!

També teníem tres obstacles més per salvar, cadascun dels quals ens donaria una altra xapa.

El cinquè dia anava de senderisme. La Pittman i en Fish ho van batejar com la Marató, que, bàsicament, era del que es tractava.

La cosa començava amb una llarga caminada pujant per la vessant d'una muntanya lluny de qualsevol camí.

La Pittman ens va dir que érem per sobre d'una zona de risc, on no es permetia fer foc.

I crec que també érem per sobre de qualsevol zona on hi hagués vida animal, perquè per allà no hi havia cap bèstia. Ni tan sols insectes. Si no és que a nosaltres se'ns considerava escarabats.

I crec que l'aire perdia densitat perquè la motxilla cada vegada em pesava més.

Ja de baixada, si més no, vam començar a veure una colla d'animals superguapos. Hi havia cabres salvatges, marmotes, cérvols i moltons. La Pittman i en Fish ho sabien tot d'aquests animals i també ens van assenyalar alguns ocells, com el dendragapus, la merla d'aigua i, sí, aquest era al·lucinant, un autèntic pigarg americà.

SISPLAU,
MENJAR ALS ANIMALS
TENIU DEIXALLES ?

Però encara no havíem acabat la Marató, que va resultar ser dos obstacles en un.

A continuació, la Pittman i en Fish van començar a repartir benes per tapar-nos els ulls de cara a una prova que es deia caminada a cegues. La idea era seguir algú pel camí durant un quilòmetre i mig sense veure-s'hi.

Amb l'Arnie fora de joc, havíem de fer grups de dos i de tres.

La Carmen va anar directe cap a en Burp i la Thea. Suposo que allò volia dir que no em pensava dirigir la paraula si jo no li feia la feina. Així doncs, em vaig emparellar amb la Verònica, que en principi em va semblar una bona cosa.

L'endemà al matí vam tornar a treballar com desgraciats per netejar una bona part del camí i «deixar-lo millor que no ens l'havíem trobat» (que em sembla que era la frase de capçalera del capità Crowder).

Quan, havent enllestit la tasca, vam tornar al campament i ens vam asseure per dinar (mantega de cacauet i galetes salades, més la mantega de cacauet que et poguessis llepar dels dits), estàvem ESGOTATS. Vaja, que em feien falta unes vacances, però ja me les podia pintar a l'oli.

Vigila amb aquella arrel.
Eh?
PATAPAM!!!
T'he dit que vigilessis amb l'arrel.
M'has d'escoltar amb més atenció.

Ja havien passat cinc dies i mig. Havia aconseguit dinou xapes i superat vuit obstacles.

Això volia dir que ens quedava un altre obstacle abans d'enfilar cap a casa.

Però aquest no seria com cap dels anteriors.

CAPÍTOL 44

UN I PROU

—Només en queda un, escarabats. I no gaire complicat —ens va dir en Fish just abans que ens comencessin a repartir paper i llapis novament.

—Un altre examen? —va preguntar la Carmen mentre la resta remugàvem.

—Nop —va respondre la Pittman—. Aquest material és perquè us l'endugueu aquesta tarda per fer un solo.

—Un què? —va saltar en Burp.

—Un solo —va contestar la Pittman—. És a dir, sense ningú més. Durant una estona us asseureu sols tranquil·lament i reflexionareu sobre què és el que us voleu emportar d'aquesta experiència.

Quan em van donar el paper, només vaig veure un full en blanc.

—No ho pesco —va dir en D.J.—. Què hem de fer amb això?

En Fish ens va explicar la cosa.

—Cadascun de vosaltres fareu servir aquesta estona per escriure-us una carta en la qual contestareu una pregunta, que és la següent: com vols que sigui la teva vida d'aquí a un any? Penseu-hi exhaustivament.

—Al final dels vostres solos, quan ens hàgiu ensenyat que heu escrit una carta de debò, la ficareu dins d'un sobre amb la vostra adreça i me la donareu. I d'aquí a un any tindreu correspondència.

—Oooh... que profund —va dir la Carmen amb una rialla.

—Muts i a la gàbia, Carmen —la va reprendre en Fish.

—I quant durarà la cosa aquesta del solo? —va preguntar-li en Burp.

—Tota la tarda —va contestar en Fish.

—I què vol dir amb això d'una carta «de debò»? —va dir en Diego.

—Volem dir frases de veritat. Volem dir més d'un paràgraf —ens va aclarir la Pittman—. No ens referim a escriure «estic mooolt avorrit» una vegada i una altra per tota la pàgina.

—Qualsevol que decideixi no escriure la carta o que es passi l'estona del solo fent bajanades, ja es pot esperar que aquest vespre farà les maletes —va rematar en Fish—. De manera que us aconsello que us ho prengueu seriosament, escarabats.

Llavors és quan vaig començar a veure per què tot plegat em resultava familiar. Hores allà asseguts tots sols sense res a fer a banda d'una mena de deures? Sí, jo ja havia passat per aquí. A l'insti. I més d'una vegada.

Potser aquí n'hi deien solo, però jo ja sabia el que era realment.

Un càstig enmig del bosc.

CAPÍTOL 45

SOLO ARTÍSTIC

La Pittman i en Fish ens van fer endinsar al bosc i ens van deixar a diferents llocs des d'on no podíem veure'ns ni sentir-nos. Ens van dir que anirien patrullant per la zona, de manera que «ni se us acudeixi fer cap bestiesa». Quan s'acabés el temps, la Pittman tocaria una botzina d'aire i se suposava que tots havíem de tornar cap al campament.

Mentrestant, la cosa se'm feia un pal, tal com m'havia imaginat. Allà regnava un silenci força sinistre. Només érem jo, el bosc, un llapis, un paper i els meus pensaments.

Vaig mirar aquell full en blanc. Vaig intentar pensar què hi posaria, en aquella carta. I llavors vaig començar a escriure.

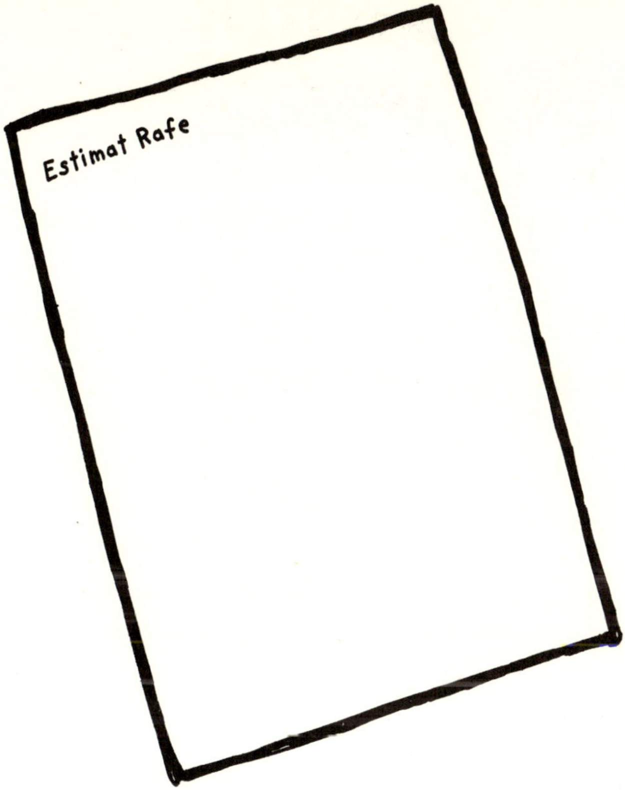

I fins aquí vaig arribar. No se m'acudia res més a dir. I el que és pitjor, em feia molt pal posar-m'hi.

Total, que em vaig quedar contemplant el cel i els arbres una estoneta.

Vaig mirar una formiga que es va passar segles per arrossegar un tros de fulla uns cinquanta centímetres.

Després d'allò, em vaig mirar una estona més la carta i vaig afegir una coma a allò d'«Estimat Rafe».

Llavors vaig tornar a fer un recés contemplatiu.

I en algun moment, em vaig adonar d'una cosa: no necessitava les dues cares d'aquell full per escriure una carteta. I no tenia sentit desaprofitar-ne una.

De manera que vaig tombar el full, el vaig plantar a sobre la roca més plana que vaig trobar i vaig començar a dibuixar.

EL PRINGAT I EN LEO a: DEEP REFLEXIONS
Així doncs... et penses limitar a quedar-te aquí reflexionant?
Sip. Aquesta és la idea.
Si em quedo aquí una bona estona, segur que se m'acudeix alguna idea genial.
Ei, em sembla que això no rutlla. Vols fer alguna cosa?
Xxt, estic pensant...

Què? Hi ha hagut sort?
No. Encara no.

M'
Ei, Leo!
M'estic
Em sembla que n'està passant alguna.
M'estic avorrint

M'estic avorrint tant!
Ufff... Bufff...
M'estic avorrint tant!
Emm...
M'estic avorrint tant!
Eh, vols fer alguna cosa?
Ufff... em pensava que no m'ho preguntaries mai.

CAPÍTOL 46

QUIN SUPLICI!

Encara em quedaven un milió de minuts més allà. O un parell d'horetes. O trenta segons. Vaja, que no en tenia ni idea. Almenys quan et castigaven a l'insti, sabies quant duraria la cosa.

Ara no disposava ni tan sols d'un rellotge per veure l'hora. Però el més graciós de tot va ser que al cap d'una estona, tenia la impressió que sí, que en tenia un. Fins i tot hauria jurat que el sentia fent tic-tac alentit... Tic... tac... tic...

Tic...
Tac...
Tic...
Tac...
Vols dir que no és hora de dinar ja?
Fa de mal dir. Em sembla que encara respira.

EL PRINGAT
i en LEO a:
LA FI
Preparat?
Preparat!
Ves que vinc!
BOING!

BOING!
BOING!
BOING!
BOING!
BOING!!
PLAS!
FLOPPP!

Això ha sigut brutal!
Ei, tornem-hi!
Ufff... aquí podem tenir un problema.
Què passa?
Em sembla que ens estem quedant sense espai.
Què vols dir? Sense espai per a què?
Per a NOSALTRES!
Vaja... Ara que començava a passar-m'ho bé! Per una vegada!

CAPÍTOL 47

ESTIMAT ESCARABAT

Després d'haver despistat tant com havia pogut, em va començar a agafar pànic. Les ombres dels arbres s'allargaven cada vegada més sota el sol de la tarda.

Vejam, quina era la pregunta? Ah, sí... com vull que sigui la meva vida d'aquí a un any.

Mmm... El que m'agradaria de debò és guanyar deu milions de dòlars i viure en una mansió enorme ben lluny de Hills Village amb tota una ala per a la meva mare i per a la iaia Dotty. Ep, tranquil, que no m'he oblidat de la Georgia. Li donaria feina en algun dels meus molts parcs temàtics arrencant merda d'ocellot dels bancs.

Però tinc la sensació que aquesta no era la mena de carta que volia el sergent Fish.

Així doncs, vaig començar a escriure. I saps què? El Rafe del futur no era una mala persona a qui escriure. I crec que ell sabia exactament el que li intentava dir.

Estimat Rafe d'aquí a un any,

Hola. Com estàs? Com et va la vida en el futur? Te'n recordes, quan eres al bosc escrivint això? Segurament ho veus lluny, oi? Doncs jo gens. Jo encara sóc aquí. De fet, preferiria ser tu.

Bé, ja sé que sóc tu, però encara no. (Tio, gairebé m'agafa mal de cap donant-hi tantes voltes!)

EN FI, se suposa que he de respondre aquesta pregunta: com vull que sigui la meva vida d'aquí a un any? Bé, no sé quant durarà la història aquesta del solo, però val més que m'empesqui alguna cosa ràpidament. D'acord, vet aquí què vull:

D'aquí a un any, vull haver tornat a la meva vida de sempre, però millor. Ja sé que això implica anar a l'Institut de Secundària Hills Village, però si la mare està contenta, ja m'està bé.

Pel que fa a les notes, vull treure tot excel·lents i notables. Molt bé, potser ~~algun bé~~ ~~un parell de béns~~ tres béns, com a molt. Però cap suficient i, per descomptat, cap insuficient.

Vull estar fent art del guapo. Tota l'estona.

I ja posats a fer, vull que la mare vengui, com a mínim, ~~un~~ cinc dels seus quadres. I potser també podria conèixer algun paio que fos maco i que la portés a sopar de tant en tant. Però, eh, només si és maco de debò.

La iaia Dotty també es mereix un nòvio, suposo. Però això fa com una mica d'angúnia, de manera que potser podria guanyar algun viatge a Hawaii o alguna cosa per l'estil.

I la Georgia és molt intel·ligent, així que podria guanyar una beca per a l'internat privat que li doni la gana. I a l'estat on li doni la gana. Excepte al que jo visc.

I per acabar (això és important), d'aquí a un any vull pensar en com sóc de feliç per no haver de passar-me una setmana al cul del món amb els sergents Pittman i Fish (especialment en Fish) MAI MÉS a la vida.

Bé, doncs em sembla que ja està. Ens veiem d'aquí a un any. Bona sort!

~~El teu amic~~ Tu mateix,

Rafe

CAPÍTOL 48

UNA PSEUDOCELEBRACIÓ

Suposo que finalment tothom va escriure la carta, perquè aquell vespre vam fer una celebració. Bé, una pseudocelebració, com la va anomenar en Fish, ja que encara no havíem acabat. Però ens van dur galetes salades, núvols i rajoles de xocolata d'allà on les haguessin tingut amagades, i ens vam fer els millors entrepans de núvols i xocolata de la història.

Fins i tot vam tenir com una cerimonieta de pa sucat amb oli al voltant del foc. En Fish i la Pittman ens van dir que ens havíem guanyat el dret de participar a la darrera jornada del programa i ens van entregar la vintena xapa.

Just abans de fer-nos-les tornar totes.

—No les necessiteu —ens va dir la Pittman—. El que conservareu seran els records, i això és més valuós que cap altra cosa.

Suposo que allò volia dir que el capità Crowder era massa rata per comprar cordill, volanderes i pintura cada vegada.

Però a qui li importava? A mi gens ni mica. Estàvem ben a punt d'enllestir. Això volia dir que ja no havíem de guanyar més xapes. No havíem de muntar més tendes. I ja no sentiríem més aquell «va, va, vinga, vinga, VINGAAAAAA!» de bon matí. La veritat és que em sentia com si tingués la victòria assegurada.

Però no era així. Encara no, vaja.

No vam parar de preguntar a la Pittman i a en Fish de què anava l'últim dia, però no ens ho volien dir.

—Només us puc dir això —ens va revelar la Pittman—. Heu d'estar preparats per a qualsevol cosa.

—És l'últim dia, no un dia lliure —va puntualitzar en Fish—. Ben al contrari, escarabats. —Fins i tot va somriure, cosa que em va fer venir una esgarrifança que em va recórrer l'espinada.

No sé per què m'havia pensat que les coses serien més fàcils a partir de llavors. Potser m'havia afectat el sucre dels núvols i la xocolata, però la veritat és que no podia anar més equivocat.

En lloc de millorar, la cosa empitjoraria. Segur. I molt.

CAPÍTOL 49

DESAPAREGUTS

Quan em vaig despertar l'endemà al matí, el campament estava tot silenciós.

I llavors em vaig adonar per què. Perquè realment ho estava. Per començar, en Fish no ens havia despertat cridant com un esperitat a trenc d'alba.

De fet, ja era ben bé de dia.

—Què passa? —vaig dir en sortir a fora.

—En Fish i la Pittman han desaparegut —va dir la Thea—. Es pot veure on tenien les tendes... però ja no hi són. Només hi ha un parell de marques a terra.

—Ei! —va exclamar en Diego—. Què és allò?

Quan vaig mirar on assenyalava, vaig veure una nota clavada en un pi enorme amb una navalla suïssa.

—En Fish —vaig dir. Havia de ser ell.

En D.J. hi va arribar el primer i la va arrencar d'una

revolada. La resta ens vam apinyar al seu voltant mentre la llegia en veu alta.

Bon dia!

Començaré revelant-vos un secret: els escarabats són supervivents. No hi ha gaires coses en aquest món més fortes que aquests petits insectes. Ja hi eren molt abans que nosaltres i continuaran sent-hi molt després que hàgim marxat.

Així que no deixeu mai de respectar els escarabats, escarabats. I porteu aquest títol amb orgull. Gairebé us heu guanyat el dret de dur-lo tota la vida.

Des d'aquí, viatjareu cinc quilòmetres en direcció al nord-est seguint el pronunciat Camí del cim fins al proper punt de control. Feu servir la brúixola, les pastilles per fer foc, i treballeu en equip per arribar a l'esmentat punt i tornar al campament base.

Trobareu més instruccions darrere aquesta nota. NO US N'APARTEU. Si voleu completar aquest programa amb èxit, treballeu en equip i feu tot el que us hem dit.

Ara no l'espifieu,
Sergent F.R. Fish

PS. El fet que no ens vegeu no vol dir que no us estiguem vigilant.

Tothom es va aturar i va mirar al seu voltant. Això volia dir que la Pittman i en Fish eren per allà?

Segurament. I amb *segurament* vull dir que per descomptat que hi eren.

La Thea va agafar la nota i va mirar al darrere, on hi havia la resta de les instruccions.

«*Conditio sine qua non* per continuar: desmunteu el campament», deia. «Carregueu l'equipament *ipso facto*. I seguiu els indicadors cap al Camí del cim.

—Què és això de *sine nosequè*? —va dir en Burp—. En quin coi d'idioma parla?

—Tros d'ignorant —va saltar en D.J.

—Calla, Burp —va dir en Burp—. Ai, vull dir calla, D.J.

—Eh, que calli tothom —va dir la Thea—. Aquí diu...

—Des de quan manes tu? —li va dir la Carmen.

—De què vas? Et penses que manes tu?! —va preguntar-li en D.J.

—Ei, per què no ens centrem i mirem de sortir d'aquí?! —va intervenir la Thea—. No sé vosaltres, nois, però jo vull tornar a casa.

Hi havia alguna cosa en aquella paraula: casa. Em sembla que, en sentir-la, tothom es va adonar que la Thea tenia raó. El que tots volíem era tocar el dos immediatament. I l'única manera de fer-ho era posant-nos les piles.

—Molt bé, fem-ho —va dir en Burp.

—Podem fer-ho —va afegir la Thea.

—Tenim cap altra opció? —va dir la Carmen.

I llavors va començar a ploure.

CAPÍTOL 50

SOM UN EQUIP!

—Eh, vigila!

—No, vigila tu!

—A veure, estic intentant deixar-te passar. Va, TIRA!

—Ei, calma't.

—No, calma't TU!

En fi, la cosa no anava precisament com una seda. I només ens faltava la pluja, però com que fèiem una catipén que tombava d'esquena, almenys ens dutxàvem.

Finalment vam arribar al punt de control, que no era res més que un antic càmping amb unes roques disposades en forma de cercle per fer una foguera. I al mig, algú hi havia deixat tres llaunes de mongetes amb tomàquet, que suposo que eren millor que els cereals de civada o, com a mínim, millor que res.

Amb les llaunes hi havia una nota, també. Regalimava de tan xopa, però tot i això es podia llegir.

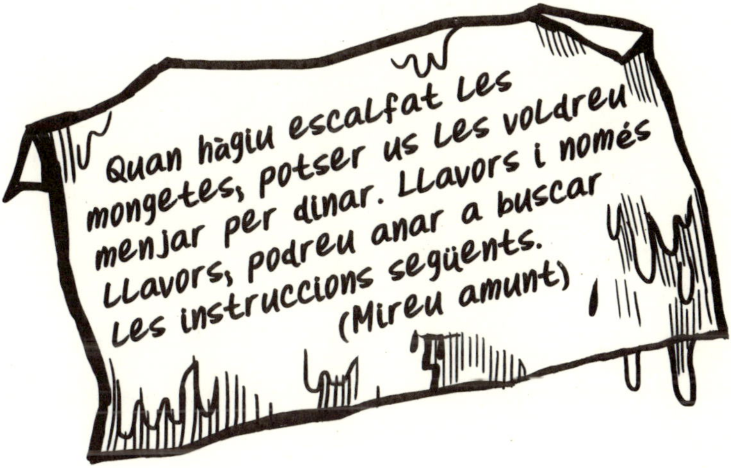

Per sobre dels caps, hi teníem una altra nota, penjant d'un cordill en una branca molt alta. Suposo que ens havíem d'empescar com baixar-la.

—Ei, anem a pams —va dir la Thea—. Primer hem de fer el foc per escalfar les mongetes.

—Sí... és clar... doncs em sembla que serà que no —va dir en D.J.—. Hola? ESTÀ PLOVENT!!!

I va girar sobre si mateix cridant l'última part un

parell de vegades, per assegurar-se que en Fish i la Pittman el sentien, suposo. Es feia estrany saber que aquell parell eren per allà en alguna banda espiant-nos. Com llops. O zombis. O llops zombis.

—Eh, però no ens podem cruspir les mongetes i guillar? —va suggerir en Burp.

—Tio, hem de fer el foc sí o sí. Ho diu aquí —va apuntar en Diego—. Ara passo de cagar-la.

—I jo —va dir la Thea mentre la Verònica assentia. Cap de nosaltres volia ignorar ni tan sols una de les instruccions d'en Fish, per si de cas.

—Per aquí hi ha d'haver fusta que puguem cremar —va dir en Diego. Després de la primera tempesta, la Pittman i en Fish ens havien ensenyat com trobar troncs secs a sota dels arbres de fulla perenne i arrencar branques dels arbres amb una corda.

—Sí, però, tot i això, necessitarem alguna cosa per fer d'esca —va observar en D.J.—. Amb l'escorça de bedoll humida ho tenim clar, SOTA LA PLUJA!!!

—Au, va... segur que ja t'han sentit. Fa estona —va dir-li en Burp.

—Calla, Burp.

—No, calla TU!

—CALLEU TOTS DOS!

Era la veu d'en Fish. Venia d'alguna banda darrere meu, però et prometo que quan em vaig tombar, no hi havia ningú.

I abans que algú pogués dir res, la Carmen va piular.

—Podem fer servir el quadern d'en Rafe —va suggerir assenyalant-me.

—Quin quadern? —va preguntar la Thea tombant-se.

—Aquell en què ha estat escrivint tota la setmana.

—No, escrivint no. Dibuixant —vaig aclarir mentre tothom se m'apropava.

—Escrivint... dibuixant... Tant li fa; cremarà igual —va dir la Carmen clavant-me la mirada com si als ulls tingués un missatge per a mi que deia: AQUESTA ÉS LA MEVA! Segurament no havia oblidat el que havia passat entre tots dos i suposo que havia estat esperant el moment oportú per atacar.

—Ni de conya —vaig replicar—. És el meu quadern.

—Ei, amb uns quants fulls en blanc ja farem —va dir en Diego—. No cal tot.

—No tinc fulls en blanc —vaig dir. De fet, ja estava dibuixant al darrere de tot el que tenia.

Però ara no era tan sols la Carmen la que em fulminava amb la mirada. Era tothom; perquè volien el meu quadern tant sí com no.

I si vols que t'ho digui, la Carmen potser era perversa, roïna, perillosa i podia estar com una cabra. Però també tenia raó. Necessitàvem aquell foc i la veritat és que no se m'acudia cap altra manera de fer-lo.

Però no es tractava de perdre aquells còmics. Sempre els podia tornar a dibuixar. La cosa era que la Carmen deia l'última paraula. O colpejava l'última. En fi, ho diguis com ho diguis, allò em sonava a perdre.

De manera que mentre la gent buscava troncs secs, començava a construir un petit aixopluc per al foc i treia una paella i un obridor de llaunes de la motxilla d'en D.J., vaig començar a decidir de quins còmics del Pringat em volia desprendre.

I una vegada tot estava muntat, vaig fer servir l'encenedor i les pastilles per encendre el foc de la motxilla d'en D.J. I va costar una mica, però, finalment, el paper va començar a cremar.

—Sí! —va exclamar la Thea.

I veure aquell foc cremant em provocava un garbuix de sentiments contradictoris... Era com si la Jeanne Salletta em digués que sóc el segon tio més guai de l'insti.

—Gràcies, Rafe —em va dir en Burp.

—Sí, tio, t'ho agraïm molt —s'hi va afegir en Diego apropant-se a les flames per escalfar-se. Havia passat de ser en Cagacalces a l'Heroi del foc en un tres i no res.

Potser no m'esperava que la cosa anés així, però vam fer un gran pas cap a casa. I en aquell moment era l'únic que comptava.

CAPÍTOL 51

NOVAMENT AL PUNT DE PARTIDA

Després d'haver-nos preparat i cruspit aquelles mongetes, tocava continuar.

—I ara què? —vaig dir.

—Thea, puja a les meves espatlles —va dir en D. J.—. I Verònica, tu a les d'ella. —La Verònica i la Thea eren prou primes perquè en D.J. les pogués aguantar.

Jo no em pensava que allò rutllés, però ho va fer. I en un tres i no res, la Verònica va baixar el sobre i vam llegir la nota de l'interior.

> Aneu cap al nord-est des d'aquí
> i seguiu el Sender de la Gorja
> uns tres quilòmetres per tornar
> al campament base.

Sí! Això ja era la recta final; la que suposo que tots anhelàvem des que havíem pujat en aquell autocar una setmana abans.

Però de veritat només havia passat una setmana? A mi m'havien semblat uns deu anys. I cadascun d'ells, un lustre.

Tot i això, ara avançàvem i teníem un pla. Aquells tres quilòmetres se'm van fer més curts del que m'esperava i, tot d'una, vam sortir del bosc i ens vam trobar en un lloc que ens era molt familiar.

Just davant meu, hi havia la torre d'escalada del primer dia. Tant me feia recordar el mític atac de pànic, perquè aquesta vegada no m'hi havia ni d'apropar. L'únic que havia de fer era somriure, saludar i seguir avançant.

—Ei, mireu! —va exclamar en Burp.

Una colla de xavals es preparaven per començar a escalar. I quan vaig mirar a dalt de tot, vaig veure aquella caixa de menjar esperant-los. Em preguntava què hi devia haver, a dins, ja que nosaltres no ho havíem arribat a esbrinar.

—Preparats? —els va cridar un sergent—. Tres, dos, un... JA! —I els xavals es van posar a grimpar com si els hi anés la vida. O almenys el sopar.

—Ei, que és l'Arnie, aquell? —va dir la Thea.

Vaig tornar a mirar cap allà i per descomptat que l'era. Suposo que li havien donat una altra oportunitat més aviat del que ens pensàvem i l'estava aprofitant. Ja cridava a tothom dient-los com arribar a dalt de tot.

I vaig pensar: «Bona sort, Arnie». Però això va ser tot. Cap de nosaltres es va quedar per veure com els anava. Ja teníem prou feina amb avançar, corrent com esperitats, directes al campament base i a la línia de meta. N'érem tan a prop que ja oloràvem casa nostra.

—Som-hi, escarabats! —va cridar en Diego, i la resta vam rematar la frase a l'uníson.

—Va, va, vinga, vinga, VINGAAAAA!

CAPÍTOL 52

SIAU!

El viatge des del campament base fins a la civilització va ser una mica... estrany.

No t'ho creuràs, però ens vam donar la mà amb la Carmen. Suposo que des del principi hauria d'haver passat d'ella. Però no ho vaig saber fer millor. I, per descomptat, era evident que ella havia dit l'última paraula, però almenys no m'havia trencat la cara.

Potser n'estava aprenent. Potser després d'allò, entendre i parlar amb qualsevol altra noia no em semblaria tan fumut. Potser era impossible topar amb algú tan complicat com la Carmen.

—Que vagi bé, Rafe —em va dir.

—Siau —vaig replicar.

—Continuo pensant que ets bastant mono —em va dir, i això va ser el més estrany.

I vaig pensar: «Que et bombin, Carmen!», però no ho

vaig dir en veu alta. Encara em podia atonyinar, si li donava la gana.

Després d'allò, vaig anar cap a l'altra banda de l'autocar.

—I ara què faràs? —em va preguntar en Burp.

De sobte, tothom volia saber què faria tothom després.

—La secundària —vaig dir—. I ja està.

Depriment. D'aquell dilluns en una setmana, ja tornaria a córrer per l'ISHV desitjant ser a qualsevol altra banda. I això em semblava força avorrit comparat amb el que havia estat fent els darrers set dies. A veure, no estic dient que m'encantés tot el Programa, ni tot ni part, però saps què? Seria una experiència que no oblidaria mai.

—I tu què? —vaig preguntar a en Burp.

Es va arronsar d'espatlles.

—Tinc grans plans —em va dir—. Faré... mmm... —Però llavors es va aturar i s'ho va repensar.— Bé, de fet, la secundària. Igual que tu —va reconèixer.

—Bé, doncs bona sort —li vaig desitjar. Em referia al problema de deixar anar mentides pels descosits, però també a la cosa de la secundària.

D'alguna manera, tenia la impressió que tots tornàvem al nostre camp de batalla. A mi m'esperaven la senyora Stricker i la senyora Stonecase, i en Miller l'Assassí, i la Jeanne Salletta, i tots els altres xavals i professors que encara no coneixia. Per no dir res de les mates, la llengua, les socials i les ciències, que, per desgràcia, coneixia prou bé.

Però també m'esperaven la mare i la iaia. I les hamburgueses amb formatge i el pastís de poma del Swifty's, a banda dels batuts gratis quan en Swifty s'equivocava. I la Jeanne Salletta (ella va a les dues llistes). I el meu llit. I el lavabo a dins de casa. I el paper de vàter.

I sí, d'acord, la meva germana també. Suposo. Però només darrere la mare, la iaia, el menjar de veritat, la Jeanne, el meu llit, els lavabos i el paper de vàter.

Perquè aquelles eren les coses que de debò trobava a faltar.

CAPÍTOL 53

LLAR, DOLÇA LLAR

No cal que t'atabali amb tot el viatge de tornada. Ni que sàpigues que se'm va escapar una llagrimeta quan vaig abraçar la mare. Però juraria que no se'n va adonar. I la Georgia tampoc, perquè si fos el cas, no hauria deixat de donar-me la tabarra recordant-m'ho.

Ei, què vols que et digui? M'estimo la mare.

I saps què? Que també té por de les altures. Jo no en tenia ni idea, potser perquè mai havia tingut cap motiu per preguntar-li res sobre el tema. Però ara que les meves carreres com a paracaigudista, netejador de finestres d'edificis alts i instal·lador de torres de telefonia mòbil perillaven, vam decidir que ho hauríem de treballar junts. Encara no sé ben bé com, però és una cosa més a la qual m'hauré d'enfrontar. Amb tot, estic content que ella estigui de la meva banda.

Mentrestant, vaig redibuixar tots aquells còmics que havia cremat, al cotxe, abans d'arribar a Hills Village. Volia fer-los en aquell moment, quan encara tenia els records ben frescos. De fet, em van sortir millor aquesta segona vegada. I m'hi jugo alguna cosa que a la senyora Donatello li encantaria saber-ho, perquè, la darrera vegada que vaig ser a la seva classe, no parava de dir-me que refés les tasques.

Fins i tot m'estava plantejant penjar algun d'aquells còmics a Internet, només per veure què passava. Digue'm friqui, si vols, però tenia la sensació que li devia un favor al Pringat. Pobre paio. Ja té prou problemes perquè, a sobre, el cremin i l'oblidin.

També, per descomptat, era fantàstic tornar a casa. Era com veure de nou un munt de bons amics després de molt, moooolt, temps.

Hola, caseta del meu cor. Que bé tornar a estar calentonet, confortable i segur.
Vatua, nano! Controla't una mica, que em faràs trontollar els fonaments!

Hola, nevera! Hola, pizza congelada! No he deixat de pensar en vosaltres ni un segon!
A nosaltres també ens has trobat a faltar?

Fem una encaixada, vàter!
Ei, tio, no et creuràs per tot el que he hagut de passar. De fet...

TORNA MOLT MÉS TARD
RAAAAAAAFE!!

CAPÍTOL 54

HOLA, GERMANETES

Una altra cosa que has de saber (és molt fort) és que el divendres abans de començar l'insti, vam tenir una reunió amb la senyora Stricker i la senyora Stonecase. La mare hi va dur el meu certificat de finalització d'El Programa, perquè no hi hagués cap cosa rara i em deixessin tornar a matricular sense cap problema a l'ISHV.

—M'agradaria que ho incloguessin a l'expedient d'en Rafe —els va dir la mare passant-ne una còpia a la senyora Stricker (ni de conya pensava donar-li l'original), cosa que em va semblar molt bé. Perquè no penso arribar al final d'aquest llibre sense dir que...

T'HO IMAGINES?

De manera que, com a mínim, em matricularia a l'ISHV, que estava força bé. Però la cosa no s'acabava aquí.

—Senyora Khatchadorian —va dir la senyora Stonecase—. Abans que comenci el curs, encara tenim pendent el tema del reajustament acadèmic d'en Rafe.

—Disculpi'm —va dir la mare—. El seu reajustament acadèmic?

Em vaig notar una tremolor a l'ull. La senyora Stricker potser no s'alegrava de veure'm, però crec que d'alguna manera, s'ho estava passant bé amb tot allò. Es notava. M'ho deia l'instint.

I ara mateix em mirava igual que un campió de pesos pesants mira el paio escanyolit que es cola al gimnàs equivocat.

—Basant-nos en l'expedient acadèmic d'en Rafe d'abans i després d'abandonar l'ISHV, l'hem de matricular en algunes classes especials i de reforç.

—De reforç? —vaig dir—. Especials?

—Hem d'assegurar-nos que està preparat per enfrontar-se al nivell d'aquest curs abans de deixar-lo prosseguir —va afegir la senyora Stonecase.

—Prosseguir? —vaig saltar. No m'agradava gens com sonava res del que deia.

—Creu-me, Rafe —va dir la senyora Stricker amb parsimònia—. Jo tinc tantes ganes que... ho aconsegueixis com tu.

Bé, sabia per on anava allò. La dona em volia veure fora del seu institut com més aviat millor. I això era l'única cosa a l'univers que teníem en comú l'Ida P. Stricker i jo.

—Però això potser no passarà tan de pressa com ens agradaria —va continuar.

—En altres paraules, Rafe —va rematar la senyora Stonecase—, ara has aconseguit tornar a l'Institut de Secundària Hills Village, però no tenim manera de saber quant trigaràs a acabar. Això dependrà de tu.

—I... de mi —va afegir la senyora Stricker. I la manera com va apuntar un mig somriure m'ho va dir tot. Si li feia la vida impossible, ella m'ho retornaria... amb escreix.

Tornaria a l'institut.

Oi tant.

Petés qui petés.

CAPÍTOL 55

ESCARABAT CÒMICS PRESENTA...

Ja veus com ha anat el meu estiu. I el teu, què?

Ara que l'insti torna a començar, estic ben distret, com a mínim. Però aquesta és una història per a un altre dia... i un altre llibre. No et preocupis, que no me'n vaig enlloc.

Amb tot, una cosa sí que ha estat bé: he penjat els còmics a Internet. Però com que per aquí sóc l'únic que ho sap, no sé si compta gaire com a cosa bona. De tota manera, me'n pots guardar el secret, oi?

És clar, ja m'ho pensava.

A reveure!

BOING!
GR
PASSI PER SORTIR DE CLASSE
ESCARABAT CÒMICS PRESENTA EL PRINGAT
Premi (F)ART

?
COM SER UN SET-CIÈN-CIES

Si t'ha agradat passar
una estona amb els
Khatchadorian, clava
una ullada a les altres
aventures divertides
d'en James Patterson.

TOTHOM HI POT TROBAR EL SEU LLIBRE!

NO TE'LS PERDIS!!

ELS CAÇATRESORS

I ELS ACUDITS D'EN JAMIE GRIMM...